Volker Surmann

Bloßmenschen

VOLKER SURMANN

ist Autor, Satiriker, Verleger und Exil-Ostwestfale in Ostberlin. Er veröffentlicht Romane, Kurzgeschichten und Anthologien, schreibt für *Titanic*, *Siegessäule*, die *taz-Wahrheit* und andere Printmedien, liest bei der Berliner Lesebühne *Brauseboys* und tritt bei Poetry Slams im gesamten deutschsprachigen Raum auf. www.volkersurmann.de

Von ihm im Buchhandel erhältlich:

- »Die Schwerelosigkeit der Flusspferde«
  (Roman. Querverlag: 2010)
- »Lieber Bauernsohn als Lehrerkind«
  (Geschichten. Satyr: 2012)
- »Extremely Cold Water«
  (Roman. Voland & Quist: 2014)
- »Mami, warum sind hier nur Männer?«
  (Roman. Goldmann: 2015)

VOLKER SURMANN

Bloßmenschen

SCHÖNER SCHÄMEN FÜR ALLE

Für Jenny!
Vielen Dank für den fleißigen Einsatz auf der Buchmesse!
Alles Gute und viel Spaß beim Lesen!

Leipzig, 26.3.17

SATYR VERLAG

1. Auflage Februar 2017

www.satyr-verlag.de

Cover: Karsten Lampe
Audioaufnahmen: Vredeber Albrecht (www.audiofenster.de)
Druck und Bindung: CPI Books, Clausen & Bosse, Leck
Printed in Germany

Die Deutsche Nationalbibliothek verzeichnet diese Publikation in der Deutschen Nationalbibliografie; detaillierte bibliografische Daten sind im Internet abrufbar über: http://dnb.d-nb.de

Die Marke »Satyr Verlag« ist eingetragen auf den Verlagsgründer Peter Maassen.

ISBN: 978-3-944035-83-3

INHALT

VORBEMERKUNG

Ich habe gar keine Fantasie.
Ich schreibe nur mit.

2

TEILNEHMENDE BEOBACHTUNG

Unerwartetes Bekenntnis eines langweiligen Mannes

Er ist um die dreißig, groß, blond und schlank. Aber nicht attraktiv. Er ist ziemlich groß, recht blond und mehr oder weniger schlank. Unauffällig. Er ist ein Mann, wie ich ihn malen würde, wenn man mir die Aufgabe gäbe, einen langweiligen Mann zu malen. Und wenn ich überhaupt malen könnte. Doch ich kann nicht malen, und der Mann ist nicht gemalt, sondern setzt sich in Fulda zu uns an den ICE-Tisch, den ich mir seit Frankfurt mit einer Frau aus Freiburg teile. Er fragt höflich, ob der Platz frei sei, dann setzt er sich und sagt: »Ich fahre heute das erste Mal mit der Bahn.«

»Ach Gott, wie drollig«, denke ich.

Aber nervös genug ist der langweilige Mann jedenfalls. Er fragt nach einer Steckdose für seinen Laptop, findet sie, kriecht dafür aber komplett unter den Tisch.

Dann sagt er etwas Langweiliges: »Ich baue hier mal mein kleines Büro auf.«

Ich glaube, er meint das witzig. Wer das erste Mal Bahn fährt, hält so etwas vielleicht für total originell, obwohl auch ein Bahn-Novize auf den ersten Blick sehen müsste, dass ein ICE-Großraumabteil längst Großraumbüro ist. Originell wäre, einen Drucker aufzubauen oder eine mechanische Reiseschreibmaschine, die am Ende jeder Zeile »pling!« macht.

Da fand ich die Frau aus Freiburg schon origineller, die, bis der langweilige Mann kam, Marmeladengläser in Geschenkpapier eingewickelt hat.

Dann fragt der langweilige Mann die Frau aus Freiburg: »Sind Sie Lehrerin?«

Die Frage kommt etwas unvermittelt. Aber vielleicht hat der langweilige Mann in »Bahnfahren für Einsteiger« gelesen, dass Smalltalk am Platz dazugehört, und zieht nun die Trumpfkarte »Fragen nach dem Beruf«.

Die Frau aus Freiburg sagt, sie sei Musikerzieherin. Er sagt, er sei Journalist. Er schreibe für eine Mainzer Zeitung und habe morgen ein Vorstellungsgespräch bei einer Nachrichtenagentur in Berlin. Bei seiner Mainzer Zeitung kriege er ja neunzig Euro pro Artikel, das wäre ja 'n ganz gutes Einkommen, wenn er das täglich bekäme, bekomme er aber nun mal nicht, deshalb jetzt Berlin. Wie viel sie so verdiene?

Daraufhin ist das Gespräch zu Ende. Mich bezieht er gar nicht erst ein, und das ist mir recht, denn der langweilige Mann macht mich nervös. Er zappelt in seiner Sitzschale rum, er tippt auf seinem Laptop, er zerschnipselt eine Fahrkarte; nichts wirklich Auffälliges, und trotzdem quillt bei dem langweiligen Mann die innere Unruhe aus allen Ritzen seiner Existenz. Wenn man eine Aurafotografie von ihm machte, sähe man auf dem Bild hinterher einen Fünfjährigen mit abgeklebter Brille, der furchtbar dringend aufs Klo muss.

»Junge«, möchte ich ihm gerne sagen, »vergiss das mit der Nachrichtenagentur. Wenn du in deinem Bewerbungsgespräch so bist wie hier im Zug, kannst du eigentlich schon in Kassel aussteigen. Fahr zurück nach Mainz. Berlin ist nix für dich.«

In Göttingen setzt sich eine junge Mutter mit Kleinkind zu uns, der langweilige Mann wird zum Glück etwas langweiliger und tippt auf seinem Laptop rum. Ich lese, die junge Mutter liest, ihre Tochter schläft seelenruhig auf ihrer Brust.

Irgendwann fragt der langweilige Mann: »Entschuldigung, wissen Sie, ob es hier am Tisch auch einen Mülleimer gibt?« Die junge Mutter zeigt auf die entsprechende Klappe. »Wären Sie so gut, gerade ... ja, danke.«

Gemeinsam schieben sie einen Rucksack von der Mülleimerklappe, einige Papierschnipsel werden verklappt, und im Zurücklehnen sagt der langweilige Mann: »Ich befriedige mich auch gelegentlich selbst.«

Für einen kurzen Moment hält das Universum den Atem an.

Der Moment ist exakt so lang, wie die Schallwellen vom Außen- übers Mittelohr zum Innenohr brauchen, vorbei an Trommelfell und Gehörknöchelchen zur Hörschnecke, in der eifrige Stereozilien Neurotransmitter ausschütten, die vom Hörnerv zum auditiven Cortex der Großhirnrinde geleitet werden, wo sofort Vergleiche mit bereits bekannten

Schallmustern gezogen werden, diverse wortsemantische sowie syntaktische Verarbeitungszentren in Frontal- und Temporallappen sowie Wernicke-Areal hinzugezogen werden; irgendwo im Zentrum für Sinngegenprüfung leuchtet eine rote Warnlampe auf, ein runder Tisch der Semantik kommt zu keinem Ergebnis, beschließt aber als Sofortmaßnahme, die Stirn krauszuziehen und einen fragenden Blick aufzusetzen.

All das dauert eine halbe Ewigkeit, etwa 0,7 Sekunden. Dann atmet das Universum wieder. Die junge Mutter war 0,1 Sekunde schneller, auch ihre Stirn ist kraus, auch ihr Blick ist fragend, aber ihr Sprachzentrum ist ein Wort weiter; sie sagt: »*Was?*«

»Ich befriedige mich auch gelegentlich selbst«, wiederholt der langweilige Mann und fügt hinzu: »etwa alle zwei Monate.«

Das Universum hat Schluckauf. Mein Wernicke-Areal guckt blöd aus der Wäsche. Schwerer Ausnahmefehler in der Sprachverarbeitung. Diese Anwendung reagiert nicht. Keine Rückmeldung. Wollen Sie die Anwendung schließen?

Ich gucke meine Sitznachbarin an, meine Sitznachbarin blickt mich an, ich schaue ins Gesicht der Freiburgerin. Die guckt gerade ratlos zu mir. Uns allen steht ins Gesicht geschrieben: Wernicke-Areal out of order.

Hat er das gerade *wirklich* gesagt? Hat er nicht gesagt: »Ui, der Mülleimer am Tisch ist aber ganz schön voll, jaja, die Bahn mal wieder!«? – Nein, hat er nicht. Aber wollen wir nicht einfach so tun als ob?

Inzwischen hat der in meinem Gehirn gut ausgeprägte Nonsens-Lappen ein Grinsen in mein Gesicht geschickt, ich versuche, es hinter meinem Buch zu verstecken, das gelingt nur bedingt und sieht bescheuert aus. Mir fällt aber auf, dass ich den langweiligen Mann gar nicht mehr so langweilig finde.

Mein spontaner Gedanke ist: Tourette-Syndrom. Aber ist das nicht eine *unkontrollierte* Zwangshandlung?

»Ein interessantes Buch lesen Sie da gerade. *Ficken ficken Möse lecken.* Ich lese auch gern Paul Auster.«

»Äh, was?«

»Oh Verzeihung, ich spreche manchmal etwas undeutlich. Ich sagte: ›Ficken ficken Möse lecken‹. Kennen Sie ›Nacht des Orakels‹?«

Nein, Tourette scheidet aus.

»Ich befriedige mich auch gelegentlich selbst, etwa alle zwei Monate.« – Was *sagt* man auf so einen Satz?

Variante 0, der Normalfall: »Äh-he hääää … hä?!«

Variante 1, Umlenkung: »Ich befriedige mich auch gelegentlich selbst, etwa alle zwei Monate.« – »Ach, das ist ja interessant. Ich gehe gelegentlich in den Zoo, auch etwa alle zwei Monate … «

Variante 2, Konfrontation: »Ich befriedige mich auch gelegentlich selbst, etwa alle zwei Monate.« – »Vielleicht sollten Sie es öfter tun, dann stünde Ihnen der Saft nicht schon bis hoch ins Hirn, wo er anscheinend so einiges verklebt.« Das wäre arschcool. Wie so oft, fällt mir der Satz etwa zehn Minuten zu spät ein.

Variante 3, Konversation: »Ich befriedige mich auch gelegentlich selbst, etwa alle zwei Monate.« – »Och, das is' ja 'n Ding! Wie machen Sie es sich denn am liebsten? Haben Sie da bestimmte Techniken? Benutzen Sie Hilfsmittel? Woran denken Sie?« – Mit etwas Glück entwickelte sich ein angenehmes und sachbezogenes Gespräch über Masturbation, aus dem beide Seiten vielleicht noch etwas lernen können.

Der Zug fährt in Braunschweig ein. Der langweilige Mann packt wortlos seine Sachen, steht auf und verlässt den Wagen. Aber wieso? Wollte er nicht nach Berlin?

Die Wahrnehmungsverarbeitung in meinem Hirn bootet sich seit einer Stunde immer wieder neu: Wieso hat sich der langweilige Mann aus Mainz eigentlich erst in Fulda zu uns an den Tisch gesetzt? Er muss doch schon seit Frankfurt im Zug sein? Sollte es gar so sein, dass er den ganzen Tag schon durch den Zug mäandert? Immer so lange an einem Platz bleibt, bis er sich auf die Knochen blamiert und weiterzieht? Sitzen irgendwo anders im Zug auch noch Reisende mit verdatterten Wernicke-Arealen? Sollte ich morgen Nachmittag mal die Nachrichtenagenturen in Berlin abtelefonieren und nach besonderen Vorkommnissen bei Bewerbungsgesprächen fragen?

Auf viele dieser Fragen wird es keine Antwort geben. In einem Punkt muss ich mich allerdings korrigieren: Der langweilige Mann passt eigentlich doch ganz gut nach Berlin.

Saunamänner

»Ich muss dringend noch 'ne Wohnung kaufen«, sagt der Mann in der Sauna.

»Wohnung oder Haus?«, fragt der Mann neben dem Mann in der Sauna.

»Eigentlich egal«, sagt der Mann in der Sauna. »Hauptsache, irgendwas als Abschreibungsobjekt, ich zahl einfach viel zu viel Steuern. Geht zwar nicht direkt, aber mit etwas Tricksen ...«

Ich weiß nicht, warum, aber irgendwas macht, dass Menschen in der Sauna mit einer Offenheit plaudern, als gäbe es kein Morgen mehr – oder keine Mitsaunierenden. Vielleicht liegt es an der Nacktheit: Man hat schon alle Hüllen fallen lassen, zeigt sich völlig entblößt, und man kann alles sehen: alle Falten, jedes Haar an passender oder unpassender Stelle, dieses schwarzbraune Muttermal in der Form Zyperns neben dem Bauchnabel, jede Narbe, ob rasiert oder nicht rasiert, klein oder groß, bevorhäutet oder nacktmullig, alle Piercings, alle Tattoos, auch die peinlichen ersten. Ein anderer Typ in der Sauna hat zum Beispiel ein Tattoo auf dem Beckenknochen, auf dem steht: »Nicht vom Beckenrand springen«. Das gefällt mir. Außerdem gefällt mir, dass er gerade genauso genervt ist von den beiden finanziellen Großkotzen wie ich. Aber die denken anscheinend: Wenn die körperliche Intimität schon aufgehoben ist, kann man auch geistig alles raustropfen lassen.

»Wohnung kaufen, würd' ich auch gern«, sagt der andere Saunamann jetzt wieder, »aber ich soll ja jetzt Rudis neuen Film finanzieren. Dem fehlen noch dreihunderttausend.«

Oder es liegt an der Hitze. Dass bei 90 Grad manche Schmelzsicherungen im Hirn einfach durchbrennen und neben ranzigem Schweiß aus den Poren jede Menge müffelnde Wahrheit aus den Mündern quillt. Jedenfalls hab ich in der Sauna schon sexuelle Intimitäten, kolportierte Seitensprünge, pikante Geständnisse und Geschäftsgeheimnisse aufgeschnappt, da sind Handytelefonate in der Deutschen Bahn nichts gegen, und selbst da erfährt man ja schon so einiges: »Ja, hallo, Frau Böge, hallo? Ja, ich war wohl gerade in einem Funkloch ... also noch mal: Die Klageschrift wegen sexueller Belästigung am Arbeitsplatz geht an Simon Peters ... Simon wie Simon und dann Peter Emil Theodor Emil Richard und S wie Siegfried. ... Nein, das sind nicht die Vornamen, Frau Böge ... Bommerlunder Straße 18, 58089 Hagen ... Hallo? Sind Sie noch da, Frau Böge? ... Hallo, ja gut ... haben Sie? ... Sehr gut. Und schreiben Sie bitte ›vertraulich‹ auf die Akte, muss ja nicht jeder wissen, was er mit der Kleinen gemacht hat.«

Inzwischen glaube ich, Schilder der Art »In der Sauna bitte Ruhe!« sind gar keine Ausgeburt deutschen Spießertums, es sind *Warnhinweise*. »Sagen Sie nichts, was Sie später bereuen könnten.« Neben jedem »Kein Schweiß auf's Holz!«-Schild sollte eins hängen mit: »Kein Wort über die Lippen!«

Ich glaube, wenn man in Deutschland mal eine wirklich aufrichtige, interessante Talkshow zeigen wollte, sollte man sie in einer finnischen Sauna drehen. In einer finnischen Sauna im Zug. Und die Fragen werden per Handy gestellt.

»In der Sauna mit ...« – Vielleicht sollte man das mal Anne

Will vorschlagen, als neues Talkkonzept, dann käm' in ihrer Sendung auch mal wieder was bei rum. Und wenn es nur das erste Arschgeweih von Frauke Petry ist. Und ich wette: Sie hat eins.

Die beiden Großkotze in der Sauna großkotzen weiter. Die anderen in der Sauna, vor allem der Nicht-vom-Beckenrand-Springer und ich, gucken hingegen immer genervter aus der nicht vorhandenen Wäsche.

»Wieso musst du Rudi eigentlich aushelfen?«, fragt der Häuslekäufermann.

»Du, der Rudi hat da einfach völlig missgewirtschaftet«, erklärt der Dreihunderttausend-Euro-Mann. »Jedes Jahr mehr ausgegeben, als er eingenommen hat. Das ging so lange gut, wie neue Fördergelder und Drittmittel reinkamen, die er dann immer für den Vorgängerfilm ausgegeben hat, tja, und jetzt fehlen ihm für seinen aktuellen Film dreihunderttausend.«

Nach diesem Saunagang eile ich sofort an meinen Spind, hole mein Smartphone raus und google: In Berlin gibt es genau zwei Filmfirmen mit einem Geschäftsführer namens Rudi. Zwei Spinde weiter steht der Beckenrandspringer, ebenfalls mit seinem Smartphone in der Hand. »Zwei Firmen«, raune ich ihm zu. Er grinst: »Ich tippe auf *T&B Movie GmbH*.« Dann nicken wir uns wissend zu.

Ein Saunagang später: Die beiden Geschäftsmänner und ich sitzen wieder in der finnischen Sauna, dann kommt der Tattoomann mit einem Kumpel rein. Sie sind munter am Plaudern. »Weißt du«, sagt der Beckenrandtätowierte, »das nervt mich echt. Die Leute sehen nur meine Tattoos und denken sich wer-weiß-was, was ich beruflich mache. Keiner kommt auf die Idee, dass ich Insolvenzrichter bin.«

»Geht mir ähnlich«, sagt sein nicht minder tätowierter Kumpel, »aber ich glaub mir manchmal ja selbst nicht, dass ich beim Finanzamt gelandet bin.«

Der Häuslekäufer läuft trotz 90 Grad Lufttemperatur gerade blassblau an im Gesicht. Dann fährt der Kumpel vom Tattoomann fort: »Ist es eigentlich wahr, dass du jedem Hinweis auf Insolvenzverschleppung nachgehen musst?«

»Klar, sobald ich irgendwas höre, was auf Insolvenzverschleppung hindeutet, muss ich den Wirtschaftsstaatsanwalt von Amts wegen bitten, da mal zu ermitteln. Ganz schön nervig so was ...«

»Äh, mir ist zu heiß«, sagt der Häuslekäufermann und flieht. »Mir irgendwie auch«, sagt der Dreihunderttausend-Euro-Mann und hechtet hinterher. Durch die Glastür sehen wir sie draußen aufgeregt dampfen und gestikulieren.

Ein paar Minuten später folgt mein Auftritt: Im Saunagarten steht der Dreihunderttausend-Euro-Mann barfuß im Schnee, dampft gar nicht mehr, sondern sieht gerade sehr nachdenklich aus. Fast ein bisschen bleich.

Ich ziehe mein Handy aus dem Bademantel und spreche hinein: »Hallo? ... Bist du's? ... Gut, dass ich dich erreiche, ... Hallo? Hallo? ... Ja, der Empfang hier ist ganz schlecht. Ich bin nämlich gerade in der Sauna. Weißt du, Rudi, Zufälle gibt's, du glaubst es nicht ... Jedenfalls dachte ich, ich ruf dich besser gleich mal an ...«

Mit diesen Worten gehe ich durch die Glastür zurück nach drinnen. Von dort sehe ich, wie der Dreihunderttausend-Euro-Mann, obwohl barfuß im Schnee, gerade puterrot anläuft und ganz heftig zu schwitzen beginnt. Aber genau dazu geht man ja schließlich in die Sauna.

Die Mütter vom Prenzlauer Berg

Manchmal gehe ich zum Einkaufen in den Edeka an der Danziger Straße. Dort sehe ich sie: Sie sind männlich, sie sind jung, sie sind beide im Vorschulalter, und sie sind furchtbar schlecht erzogen. In der Gemüseabteilung schwingen sie Rhabarberstangen wie Laserschwerter und machen dazu »Bssssüüümmm-Bsssüüümmm«. Na gut, das finde ich noch drollig, zumindest bis sie die matschigen Rhabarbä zurücklegen ins Gemüsefach. Und zwar unter den Augen ihrer Mutter.

In diesem Moment habe ich sie gefressen: die Mutter (nicht die Rhabarberstangen).

Als sich die Jungs mit Weintrauben bewerfen, während Mutti die Inhaltsstoffe eines Müslis auswendig lernt, schaue ich noch weg, aber beim Joghurt wird es mir zu bunt: Während sich Frau Mama nicht zwischen Luftkurort-getrockneten Toskana-Biotomaten und eingelegten Fair-Traide-Yucatán-Jalapeños mit Demeter-Frischkäse-Füllung entscheiden mag, spielen ihre Jungs ein Spiel, das im Wesentlichen darin besteht, so lange mit den Fingern auf Joghurtdeckel einzutrommeln, bis das Alu reißt und die Fingerspitze im süßen Nass hängt.

»He!«, sage ich. »Könnt ihr das mal lassen, das wollen andere noch essen!«

Die Jungs schauen verwundert auf. So etwas hat ihnen offensichtlich noch niemand gesagt.

»Ja, geht's noch?«, zischt dann auch endlich die Mutter der beiden, die Jungs zucken sichtlich zusammen. Na also!

»Wie sprechen Sie denn mit meinen Kindern?!«

»Äh-was ...?« Verwirrt schaue ich mich um. Meint sie mich?

»Kann ich helfen?«, mischt sich eine zweite Frau ein, die gerade mit ihrem Einkaufswagen zu uns rübergeschaukelt kommt.

»Ach, nur'n Missverständnis«, sage ich, »ihre Kinder haben hier Joghurtdeckel angepiekst. Ich hab sie gebeten, das zu lassen, und die Dame hier meint offenbar, ich hätt' ihre Kinder angegriffen ...«

»Das macht man ja auch nicht!«, sagt die andere Frau.

»Eben, das muss man den Kindern ja auch mal deutlich ma...«

»Man mischt sich nicht in die Erziehung anderer Eltern ein!«

»Genau! Wer hat Ihnen erlaubt, meine Kinder zu erziehen?«, greift Mutti Nr. 1 den Faden dankbar auf.

»Na, wenn Sie es nicht machen, irgendwer muss es ja tun.« – Okay, das ist mir mehr so rausgerutscht und kein sonderlich geschicktes Argument, wenn man mit einer wütenden Mutter diskutiert. Und sich gerade fünf bis zehn andere Mütter um einen herum in Position bringen.

»Und wer gibt Ihnen das Recht dazu?«

»Der Supermarkt ... quasi«, erkläre ich. »Als Kunde habe ich doch das Recht auf unversehrte Ware! Hier sehen Sie mal: alle angepiekt!« Ich greife eine Palette Joghurt aus dem Kühlregal und halte sie anklagend hoch.

»Petze!«, zischt eine Frau von hinten. »Das ist ja das Allerletzte! Denunziert Kinder!«

Ich deute auf die zermatschten Joghurtbecher. »Aber das macht man nicht!«

»Reaktionäres Spießerargument!«, erklingt es aus dem Kreis, der sich mittlerweile um mich und die Alphamutter fest geschlossen hat.

»›Das macht man nicht.‹ Scheiß Law-and-Order-Nazis«, raunt es von hinten. »Wählt wahrscheinlich auch noch die AfD.«

Nun schnappe *ich* nach Luft. Ich bin in den Achtzigerjahren groß geworden. Mit Hungersnot in Äthiopien. »Aber was sollen die Kinder in Afrika denken?«, war das Standardargument meiner Eltern, wenn ich nicht aufessen wollte. Und ich sah es sogar ein! Ich sah ja selbst die Bilder der Blähbauchkinder im Fernsehen, die Spendenaufrufe. Ich bin mit *Live Aid* aufgewachsen. Kein Zweifel. So eine Szene wie hier: Unter Bob Geldof hätt's das nicht gegeben!

Die Mütter begutachten die kaputten Becher: »Das ist doch nur der Gut-und-günstig-Billigjoghurt, den kauft hier doch eh niemand!«

Ich probiere es mit einem neuen Argument: »Aber was sollen die Kinder in Afrika denken?«

»Ach, die vertragen doch eh keine Laktose da in Afrika.«

»Sie verwechseln Asien und Afrika«, werfe ich ein.

»Der ist doch nicht mal bio!«, wirft eine Ökomutti ein. »Aus Industriemilch von Kühen aus Tierfabriken!«

»Eben!«, ergänzt die zweite Reihe: »Den würd' ich nicht mal beim Containern mitnehmen!«

»Aber darum geht's doch gar nicht!«, wende ich ein. »Ich kauf den Joghurt ja auch nicht.«

»Ach was?!«, fährt die Alphamutter dazwischen. »Und

was interessieren Sie dann die kaputten Deckel? Das wird ja immer absurder!«

»Dabei sehen Sie durchaus wie jemand aus, der Joghurt aus Tier-KZs kauft!« Wieder die zweite Reihe.

»Es sind trotzdem Lebensmittel, und die Deckel sind nun mal eingeditscht!«

»Lorenz, Oskar. Wart *ihr* das?«, fragt die Alphamutter die beiden Jungs. Die schütteln energisch den Kopf. »Auch noch Falschbeschuldigungen!«

Oskar schleckt sich noch schnell die letzten Joghurtreste von den Fingern. Lorenz grinst mich verschmitzt an. Aber kann ich's ihnen übel nehmen? Leider taugt das bei der Prenzlmüttermeute nicht als Argument: »Na ja, in dem Alter hätt' ich auf so eine Frage meiner Mutter auch den Kopf geschüttelt.«

»Unterstellen Sie meinen Kindern etwa zu lügen?«

Lorenz nickt heftig. Ich möchte ihm gern vors Schienbein treten.

»Meine Jungs lügen ihre Mutter nicht an. Sie sind gut erzogen. Im Gegensatz zu Ihnen.« Treffer und Applaus von den anderen Müttern.

»Na ja ... nicht direkt Lüge, aber es sind halt Kinder, die was ausgefressen haben, da hab ich als Kind auch nie die Wahrheit gesagt ...«

»Haben Sie das gehört? Er gibt zu, schon als Kind notorischer Lügner gewesen zu sein. Wer sagt uns denn, dass er heute die Wahrheit sagt?«

»Aber ich weiß doch, was ich gesehen habe!«

»Haben Sie Kinder?« Die Einkaufswagenfrau stellt die Gretchenfrage.

»Nein, aber was tut das zur Sache ...?«

»Also, liebe Damen«, wendet sich die Alphamutter an die Mütterschar: »Hat sonst noch jemand gesehen, wie meine Kinder die Joghurtdeckel, wie dieser *kinderlose* Herr sagt, ›anpiekten‹?« Alle schütteln den Kopf, kein Wunder, sie waren ja auch alle nicht am Kühlregal zur fraglichen Zeit. »Sie stehen also ziemlich allein da mit Ihrer Beobachtung!«

»Lassen Sie mich durch, ich bin Anwalt in Elternzeit«, drängelt sich ein junger Vater mit einem kleinen Mädchen in der Bauchtasche nach vorn und hält eine Visitenkarte hoch. »Wenn Sie Hilfe benötigen!«

»Kann sein, dass ich bald einen Anwalt brauche«, sage ich frustriert.

Er sagt: »Kindesmisshandler vertrete ich nicht.«

»Vielleicht hat er die Joghurts ja selbst angepiekt«, wirft die zweite Reihe ein.

»Ja klar!«, rufe ich. »Das wird's sein! Ich hab nichts Besseres zu tun, als den lieben langen Tag in Edeka-Märkten rumzulungern, palettenweise Joghurtdeckel durchzupieksen und dann die erstbesten Kinder dafür zu beschuldigen!«

»Also für mich klingt das ganz plausibel.« Eine Supermarktangestellte im Edeka-Kittel: »Sie glauben nicht, was man als Filialleitung so alles erlebt. Mich überrascht gar nichts mehr.«

Allgemeines Kopfschütteln in der Müttergruppe. Das Edeka-Schwurgericht Danziger Straße befindet mich für schuldig. Die Filialleiterin verurteilt mich zu Hausverbot und zwanzig Gut-und-günstig-Joghurts mit beschädigten Deckeln.

»In was für einer Welt leben wir eigentlich?«, zischt die Alphamutter und greift nach ihren Kindern: »Lorenz, Oskar, kommt ihr bitte weg von diesem Mann!«

Ich betrat den Edeka als Hungriger, ich verließ ihn als Dürstender nach Gerechtigkeit.

Gesenkten Hauptes und eine Palette Joghurt auf dem Arm schleiche ich über den Parkplatz. Ein Becher fällt mir herunter. Zitrone. Mag ich eh nicht. »Umweltsau ist er auch noch!«, ruft mir der Anwalt in Elternzeit nach.

Plötzlich höre ich eine Kinderstimme hinter mir: »Hier, den haben Sie verloren.« Lorenz hält mir den Zitronenjoghurt hoch. Perplex greife ich danach und sage: »Danke.« Lorenz' Mutter ist nirgends zu sehen.

»Wieso macht ihr das mit den Joghurts?«, frage ich ihn.

»Macht halt Spaß«, sagt er. »Und schmeckt.« Dann rennt er davon.

Zum Einkaufen fahre ich jetzt immer mit dem Auto nach Wilmersdorf. Da kaufen nur Rentner ein.

Nur manchmal, wenn ich allein am Kühlregal bin, pieke ich meine Finger durch ein paar Joghurtdeckel und lecke sie ab. Macht wirklich Spaß. Und schmeckt.

Neununddreißig Sekunden
Oder: Der blaue Junge

Habe ich jemals behauptet, die Pubertät sei die schlimmste Zeit des Lebens? Pubertierende seien pickelig, hässlich, dreist und doof? Nun, es gibt Ausnahmen.

Die Ausnahme trug eine blaue Hose. Mehr sah ich erst nicht von ihr, denn die blaue Hose stieg gerade in Nienburg/Weser eine Treppe zum Bahnsteig hinauf. Es war so 'ne Skater-Stoffhose in einem durchdringend leuchtenden Knallhimmelblau. Mann, Mann, Mann, dachte ich, das ist ja mal 'n Ausnahmeblau.

Da ich zum selben Bahnsteig hochmusste, sah ich schnell, dass sich über der blauen Hose ein kariertes Hemd anschloss, und über dem Hemd waren halblange, Ron-Weasley-rote Haare im aktuellen Teen-Jungs-Look. Mannomann, der Junge hatte aber mal Style. Und Mut zur Farbe. Und ein hübsches, brünettes Mädchen an der Hand. Vielleicht hatte auch sie den Style und er nur den Mut des Verliebten. Denn sie sah aus, als sei sie soeben einem der H&M-Plakate am Bahnsteig entstiegen. So standen sie Hand in Hand herum. Er mit Milchbubi-Gesichtszügen, sie mit Make-up. Beide maximal vierzehn Jahre alt, wenngleich jedes Kleidungsstück an ihr in die Umgebung krakeelte: »Haltet mich bloß für siebzehn!«

Als ich den Bahnsteig entlangschlenderte, wandte der blaue Junge seinen Blick von seiner Freundin ab und schaute Richtung Anzeigetafel, unter der ich stand. Er hatte Augen so blau wie seine Hose. Augen von einem Blau, das mich einmal längs über den Bahnsteig fegte und an den nächsten Wagenstandsanzeiger tackerte. Krass, verfiel mein Sprachzentrum in Teen-Modus: Krass, krass, krass. Kein Wunder, dass das Mädchen an seiner Seite so krampfhaft seine Hand umklammerte, sie musste sich einfach festhalten!

»Krass, krass, aua!, krass, krass«, wimmerte eine Frau, die gerade neben mir einschlug. Weitere Wartende flogen an uns vorbei. Nur eine alte Dame hielt dem Blick des blauen Jungen stand, aber sie trug einen weißen Stock in der Hand.

Der Zug fuhr ein, und es war wirklich Zufall, dass nur der Platz hinter dem Teen-Pärchen frei war. Ohne je einen kleinen Lauschangriff intendiert zu haben, war es dennoch nicht zu verhindern, dass hin und wieder Spritzer einer juvenilen Teen-Konversation zu mir hinüberplatschten. Das Teen-Mädchen hatte nämlich eine sehr helle Stimme, die aus den dumpfen Hintergrundgeräuschen der Zugfahrt sehr klar hervorstach. Der blaue Junge hingegen befand sich gerade in jener Phase nach dem Stimmbruch, in der man der neuen Stimme noch nicht so recht traut, weshalb es im Leben eines jeden Jungen eine Phase gibt, wo man heiser zischelt wie ein Regionalzug in der Kurve. Da sich unser Regionalzug laufend durch Kurven zischelte, bekam ich von seinen Gesprächsanteilen nicht viel mit. Ich hörte nur all die Fragen, die das Teen-Mädchen stellte: »Sind deine Eltern da? ... Sind die lange weg heut Abend? ... Wann kommen die zurück? ... Und dein Bruder? .... Ist der lange weg? ... Wann kommt der zurück? ... Wohnt sonst noch jemand bei euch? ... Was würde denn dein Vater sagen, wenn er uns ...« – »NÄCHSTER HALT: NEUSTADT AM RÜBENBERGE!«

Als der Zug sich ausrollen ließ, hörte ich auch mal seine heisere Jungsstimme: »Meine Mutter hätte da mehr Verständnis für als mein ...« – »AUSSTIEG RECHTS!«

Dann sagte das Teen-Mädchen: »Bei dir isses viel schöner.«

Ach Gott, wie süß!, dachte ich, das Teen-Pärchen löste gerade pubertäre Übernachtungsprobleme.

Der Zug hielt, Ein- und Ausstiegsunruhe bevölkerte den Wagen. Dann sagte das Mädchen recht unvermittelt: »Fünfzehn Minuten ohne Vorspiel ist doch voll lang!«

Wie bitte?

Der blaue Junge musste etwas Ähnliches gesagt haben.

»Nee, echt! Also Vorspiel mal nicht mitgerechnet, dann sind fünfzehn Minuten doch echt voll viel.«

Ach so.

Eine kurze Pause verriet, dass sie wohl im Gesicht ihres Freundes eine Reaktion suchte, dann setzte sie hinzu: »Ich meine: Wie lang brauchst du, wenn du's dir selber machst?«

Na, das waren doch mal Themen für den öffentlichen Nahverkehr. Nicht dass das Teen-Pärchen seine Erkenntnisse durch den Waggon posaunte wie ungeübte Mobiltelefonierer im Tunnel, aber sie flüsterten eben auch nicht. Zumindest für mich verliehen sie dem Begriff »Öffentlicher Nahverkehr« gerade eine völlig neue Bedeutung.

Das Gespräch des Teen-Pärchens wurde mir eindeutig zu privat. Der Anstand gebot, mir die Kopfhörer meines iPods in die Ohren zu stecken. Natürlich schaltete ich ihn nicht ein.

Der blaue Junge grummelte irgendwas von »fünf Minuten«.

»Echt?«, fragte sie.

Er darauf: »Das Schnellste waren neununddreißig Sekunden.« Er lachte dabei, und sein Lachen steckte noch ganz schön heftig im Stimmbruch. »Hab's mal gestoppt«, fügte er unnötigerweise hinzu.

Aber Jungs machen so was. Höher, schneller, weiter. Ein Vierzehnjähriger, bei dem kein Lineal neben dem Bett liegt, ist noch nicht geschlechtsreif oder völlig verzweifelt.

»Ich kann's auch sehr schnell«, sagte sie. »Ganz so schnell allerdings nicht.«

Korrigiere: Mädels machen so etwas also auch.

»NÄCHSTER HALT: WUNSTORF. AUSSTIEG RECHTS!«

Verdammt, wieso wollen hier so viele Leute aussteigen? Können die nicht alle mal die Fresse halten und weniger rumpoltern?! Man kriegt ja gar nichts mehr mit!

Ich überlegte, ob ich irgendwie unauffällig meinen Kopf gegen die Sitzschale vor mir lehnen könnte und mein Ohr dabei ganz zufällig in die Ritze zwischen den beiden Sitzen geraten könnte. Mein bildhaftes Vorstellungsvermögen schlug dabei die Hände über dem Kopf zusammen und wies darauf hin, dass ich mit einem solchen Stellungswechsel das Gespräch der Teens sehr schnell auf andere Themen lenken würde, zum Beispiel auf mich. Und auf das Notizheft in meiner Hand, das sich gerade wie von selbst füllte.

Also gab ich mich weiter mit den konversationellen Krumen zufrieden, die die beiden Teens in die Umgebung bröselten: Das Mädel war wieder bei den fünfzehn Minuten: Sehr wichtig sei so 'ne Zeit für sie ja nicht, denn richtig gekommen sei sie ohnehin noch nie.

Das Krächzen des Jungen klang daraufhin irgendwie bestürzt.

Nö, sagte sie, sie hätte da auch mit ihren Freundinnen drüber gesprochen, das gehe allen so. Das Kommen, erklärte sie ihrem Freund, das Kommen, das komme wohl erst später.

Mit dieser Auskunft gab sich der blaue Junge zufrieden, und das Gespräch war einstweilen beendet.

»NÄCHSTER HALT: HANNOVER HAUPTBAHNHOF. BITTE ALLE AUSSTEIGEN, DIESER ZUG ENDET HIER!«

Erst jetzt hörte ich die beiden wieder aufgeregt tuscheln.

»Und wir? Was machen wir?«, fragte der blaue Junge mit heiserer Stimme.

»Wieso?«, fragte seine Freundin mit Recht.

»Möchtgradnichaufstehen«, nuschelte er und korrigierte sich: »Kann grad nicht aufstehen. Wollen wir nicht sitzen bleiben, bis alle anderen raus sind?«

Sie lachte. »Nee, komm, steh auf, Mann.«

Sie stand schon im Sitz und grinste ihm das entgegen, was eine Vierzehnjährige für ein anzügliches Grinsen hält, und ich muss sagen: Es sah sogar fast nach siebzehn aus.

Was hatte das Teen-Pärchen da die ganze Zeit eigentlich gemacht? Wo zum Teufel hatten sie ihre Hände gehabt? Meine Güte! Von Nienburg/Weser bis Hannover/Hauptbahnhof waren es einunddreißig Minuten. Einunddreißig Minuten geteilt durch neununddreißig Sekunden, das ergibt sechsundvierzigmal Kommen. Er hatte damit ja keine Probleme. Herrgott, wie verkleckst war er?!

»Okee«, sagte der Junge und zupfte im Aufstehen sein kariertes Hemd so zurecht, dass es vorm Schritt einige verdächtig unverdächtige Falten warf. Ach, diese lustigen Teenagerprobleme!

So standen sie im Gang. Bis sich die Zugtür öffnete, schaute der blaue Junge mit seinen irrational blauen Augen einmal im Waggon in die Runde, reihum plumpsten Fahrgäste erschlagen zurück. »Krass, krass, krass«, wimmerte es überall zwischen Sitzschalen hervor.

Das müssen doch Kontaktlinsen sein! Die gab's doch zur Hose dazu! »Special Offer: skyblue skate pants urban style with matching contact lenses. Hau deine Umgebung um – mit nur einem Blick.«

»Wollen wir noch was essen, *vorher*?«, fragte das Mädchen.

»Klar«, sagte der Junge. »Pizza?«

Im Bahnhofstunnel verlor ich das Teen-Pärchen irgendwo im Gedrängel. Der Junge brannte mit seinen Augen eine Schneise ins Gewimmel, hinter den beiden torkelten »Krass, krass, krass« murmelnde Menschen verwirrt gegen Schaufensterscheiben.

Benommen schlenderte ich zu meinem Anschlusszug, auch wenn ich plötzlich unbändigen Heißhunger auf Pizza verspürte.

Neununddreißig Sekunden ... – Hatte ich zu Hause eigentlich eine Stoppuhr?

Recht auf Party

Im Wohnzimmer waren alle Möbel zur Seite gerückt, in der Küche türmte sich ein Fingerfood-Buffet, das sogar mehr als Aldi-Chips und Hackbällchen von Lidl enthielt, Gäste hatten zugesagt, ohne Sätze zu sagen, die begannen mit »Ich hab dann aber später noch ...«, Henning hatte seine gefürchtete Erdbeerbowle angerührt, und in der Badewanne drängelten sich Bierflaschen wie Lachse in der Zuchtanlage. Es sollte die WG-Party des Jahres werden, aber es sollte anders kommen ...

Gegen neun wirft Malte die Stereoanlage an. »You gotta fight for your right to paaaaaardy« grölen die *Beasty Boys* so laut, dass wir die Klingel erst beim dritten Mal hören. Die Polizei? Jetzt schon? Doch vor der Tür steht bloß eine kleine Frau im Businesskostüm: »Guten Tag, mein Name ist Bärbel Krockant. Ich bin Außendienstmitarbeiterin von der Gesellschaft für musikalische Aufführungsrechte GEMA. Würden Sie mich bitte reinlassen?«

Sie marschiert in den Flur. »Muss ich die Schuhe ausziehen? Es soll nachher niemand sagen, die GEMA wisse nicht, was sich gehört.«

»Nee, heute ist hier Party«, sagt Henning.

»Genau deshalb bin ich hier«, sagt Frau Krockant freudestrahlend: »Um was für eine Art von Festivität handelt es sich denn?«

»Eine private WG-Party!«

»Privat? Kennen Sie denn alle Gäste, oder haben Sie auch Personen eingelassen, die Sie nicht eingeladen haben?«

»Ja«, sage ich. »Sie zum Beispiel.«

»Na also. Dann handelt es sich bei Ihrer Party um eine *öffentliche* Veranstaltung. Hier, Ihre GEMA-Rechnung.« Sie zieht einen Umschlag aus ihrer Handtasche.

»Und wovon sollen wir das bezahlen?«

»Wissen Sie, Herr Surmann«, sagt Frau Krockant mitleidig. »Das ist *die* Frage, die sich jeder der von uns vertretenen Musiker tagtäglich beim Bäcker vorm ›Gutes-von-gestern‹-Regal stellt: ›Wovon soll ich das bezahlen?‹ Nehmen Sie doch etwas Eintritt.«

Missmutig pinnt Henning ein Schild mit »Unkostenbeitrag: 2 Euro« an unsere Tür. Frau Krockant zieht daraufhin einen weiteren Umschlag aus ihrem Handtäschchen. »Aber wo Sie jetzt Eintritt nehmen, erhöht sich natürlich auch die GEMA-Gebühr.«

»Ich glaub, das ist das letzte Mal, dass wir diese Party machen«, seufze ich.

»Ach, Sie machen das regelmäßig?«

»Neinneinnein«, beeile ich mich zu sagen.

»Nur einmal im Jahr!«, sagt Henning.

Frau Krockant zieht fünf weitere Umschläge aus der Tasche: »Dann hier die Rechnungen für die Jahre 2012 bis 2016.« Auffällig gut gelaunt verlässt sie die WG.

Drei Stunden später ist die Party in vollem Gange. Ich hänge neben Nils und Kristin auf dem Sofa. Bei uns sitzt noch ein schlanker Typ in einem schwarzen Anzug. Ich kenne ihn nicht. Entweder ist er total der Hipster oder Zeuge Jehovas.

Nils versucht mal wieder, Frauen durch cineastisches Wissen anzugrabenn, und schreit auf Kristin die Handlung von *Dark Shadows* ein.

»Entschuldigung, dass ich mich einmische«, schreit der Anzugtyp, »mein Name ist Sassenfromm von der Kanzlei Sassenfromm & Knall. Sie wissen, dass Sie gerade eine Urheberrechtsverletzung begehen?«

»Was?«, fragt Nils. »Ich erzähl doch nur, was in dem Film passiert.«

»Sie geben es also zu.« Der Anwalt greift in die Innentasche seines Jacketts. »Urheberrechtlich betrachtet, handelt es sich beim Erzählen aus der Erinnerung um die öffentliche Reproduktion einer biophysiologischen Privatkopie. Hier Ihre Abmahnung.«

»Aber er hat voll den Mumpitz erzählt!«, mischt sich Kristin ein. »Ich glaube nicht, dass in *Dark Shadows* Justin Bieber gevierteilt wird.«

»Das ändert natürlich alles«, sagt Herr Sassenfromm. »Die Veränderung des Plots ist ja ein noch viel größerer Eingriff ins Urheberrecht!« Aus seinem Jackett zieht er einen noch viel größeren Umschlag.

»Gibt's die Piratenpartei eigentlich noch?«, ruft Kristin entrüstet.

»Nein«, sagt Herr Sassenfromm. »Dafür haben wir gesagt. Die Begriffe ›Pirat‹ und ›Seeräuber‹ sind zeitlich und räumlich unbegrenzt Markennamen der *Walt Disney Pictures* und dürfen nur in Zusammenhang mit *Fluch der Karibik* verwendet werden.«

In diesem Moment beginnt das Sofa zu vibrieren. Schlager-DJ Lasse hat *Dschingis Khan* eingelegt, »Moskau! Moskau! Wirf die Gläser an die Wand ...«. Zwanzig wodkaselige Partygäste werfen dazu die Beine in die Luft.

»Ich sehe, es wird auch getanzt«, sagt Herr Sassenfromm und tippt geschäftig auf seinem iPhone rum.

Kurz darauf steht Frau Krockant wieder im Raum. Sie begrüßt Herrn Sassenfromm mit Küsschen. Dann entdeckt sie mich: »Herr Surmann, Sie haben ja gar nicht gesagt, dass dies eine Tanzveranstaltung ist. Da gilt natürlich ein ganz anderer Tarif.« Sie zückt eine Rechnung. »Haben Sie meine erste Rechnung schon beglichen?«

»Nein ...«

»Dann hier Ihre Mahnung.«

Mit einem Mal grölen alle im Wohnzimmer *Queens* »We Will Rock You!« mit.

»Herr Surmann!«, schreit Frau Krockant. »Ich kann das hier auch als Rockkonzert einstufen!«

»Das ist nicht Ihr Ernst!«

»Oder gleich als *ernste* Musik.« Sie lächelt diabolisch. »Ein kleines Kammerkonzert!« Sie hüpft irrsinnig auf und ab wie Rumpelstilzchen: »Kammerkonzert! Kammerkonzert!«

»Tanzen Sie etwa?«, frage ich und reiche Frau Krockant einen Umschlag zurück.

Plötzlich stehen Kristin und Nils im Raum. Sie haben nur Handtücher umgebunden und tropfende Haare. »Habt ihr geduscht?«, frage ich.

»Eigentlich wollten wir nur Bier aus der Wanne holen, aber dann hatten wir plötzlich Lust zu duschen und ... plötzlich war da diese Frau ...«

Frau Krockant hebt den Zeigefinger: »Singen unter der

Dusche fällt mindestens unter den Tarif für Karaokedarbietungen, das *weiß* man doch.«

Kristin weint: »Und dann, na ja, haben wir unter der Dusche so'n bisschen ... «

»Wir sind halt betrunken und ungebunden«, fügt Nils hinzu.

»Da macht plötzlich dieser Anwalt die Duschkabine auf und sagt, diese Szene hätte er schon mal genau so in *Feuchte Collegeschlampen 4* gesehen ...« Kristin wedelt mit einem tropfenden Briefumschlag.

Es klingelt.

»Wer denn noch alles, Herrgott noch mal?!«, brüllt Henning.

Vor der Tür stehen zwei Herren in schwarzen Anzügen. »Guten Tag, wir haben gehört, hier wurde über den Herrgott gesprochen. Darauf haben wir das Copyright ...«

»Schert euch zum Teufel!«, schreit Henning.

Daraufhin reißen sich die beiden Zeugen Jehovas die Anzüge von den Körpern. Darunter tragen sie Uniformen: »Guten Tag, wir sind die Polizeiobermeister Lolek und Bolek vom Polizeiabschnitt 51«, sagen sie im Chor. »Wir würden gerne Ihre Stereoanlage konfiszieren.«

Ich seufze: »Sie schickt der Himmel!«

»Hier, Ihr Bußgeldbescheid«. POM Bolek oder Lolek greift in seinen Mantel, zieht aber keinen Umschlag hervor, sondern einen Schlagstock ...

Ich wache auf.

Boah, was für'n verrückter Traum, denke ich.

Da stöhnt jemand neben mir im Bett. Es ist Herr Sassenfromm. Verdammt, wie betrunken war ich ...?

Dann hebt sich seine Decke und Frau Krockants Kopf taucht auf: »Guten Morgen, Herr Surmann. Wussten Sie eigentlich, dass Sie im Schlaf singen?« Sie zieht eine GEMA-Rechnung unter der Bettdecke hervor.

»Das ist doch immer noch ein Traum!«, rufe ich.

»Können Sie ihn denn erzählen?«, fragt Frau Krockant. »Dann können Sie ja eigentlich nicht mehr träumen.« Das klingt logisch, also erzähle ich meinen Traum.

Anschließend sagt Herr Sassenfromm: »Ihr Traum enthielt mindestens 18 Urheberrechtsverletzungen.«

»Und mindestens drei Samples geschützter Musik«, sagt Frau Krockant. Zusammen reichen sie mir 21 Rechnungen.

»Das ist alles so verrückt, das muss ich mal aufschreiben!«, rufe ich und frage leise: »Darf ich wenigstrens das?«

»Natürlich«, sagt Herr Sassenfromm gönnerhaft. »Aber wehe, Sie veröffentlichen das irgendwo. *Das* wird dann richtig teuer!«

Bagger! Drama in einem Aufzug

Oben im Berliner Friedrichshain, von der Frankfurter Allee gesehen, wo sich derzeit die Baukräne drehen, befindet sich eine alternative Mutter, zumindest lassen Kleidungsstil und Dreadlocks das vermuten, mit ihrer jungen Tochter auf dem Heimweg von einer Kita nach Hause. Auf Höhe eines Bauzauns unweit der Richard-Sorge-Straße werde ich Zeuge des folgenden Mutter-und-Kind-Gesprächs:

Das Kind (entdeckt etwas): »Bagger!«
Die Mutter (leicht genervt, denn sie weiß, was nun folgen wird, für sich): »Oh, nein …«
Das Kind (aufgeregt auf und ab hüpfend): »Bagger!«
Die Mutter (um mütterliche Fassung bemüht): »Ja, Bagger!«
Das Kind: »Bagger!«
Die Mutter (besinnt sich auf elterlich-pädagogisches Verständnis): »Ja, das ist ein Bagger! Aber den haben wir doch schon oft gesehen.«
Das Kind (fühlt sich nun vollauf bestätigt): »Bagger! Bagger!«
Die Mutter (mimt Verständnis): »Ja, das ist ein Bagger! Sehr gut, Lotta!«
Das Kind (nun voller Begeisterung): »Bagger! Bagger! Bagger!«
Die Mutter (in dem Versuch, das Kind wegzuloben): »Gut

hast du das erkannt, Lotta, sehr gut! Dann können wir ja jetzt weitergehen.«

Das Kind (die mütterliche Strategie aus Erfahrung überhörend und fortfahrend): »Bagger!«

Die Mutter (leicht am Kinderärmchen ziehend): »Wollten wir nicht nach Hause, Lotta?«

Das Kind (ist noch nicht fertig): »Bagger!«

Die Mutter (verführerischer Tonfall): »Du hattest doch eben noch Hunger. Zu Hause machen wir uns dann was zu essen. Worauf hast du denn Lust, Lotta?«

Das Kind (merkt, dass die Mutter etwas will): »Bagger?«

Die Mutter (voll aufsteigender Hoffnung): »Kekse? Eierkuchen? Nudeln mit Ketchup? Worauf hast du Lust?«

Das Kind (überlegt einen kurzen Moment, dann voller Überzeugung): »Bagger!«

Die Mutter (an einen vorgeblichen Konsensbeschluss erinnernd): »Aber wir hatten doch gerade besprochen, dass wir jetzt beide nach Hause gehen, um was zu essen.«

Das Kind (weiß es besser und schüttelt den Kopf): »Bagger!«

Die Mutter (um Fassung ringend, greift zum letzten Mittel: Bestechung): »Dann gibt's heut auch mal ausnahmsweise Fleisch. 'ne Bulette, die magst du doch so gern. Zur Feier des Tages, weil ... weil ... du heute den Bagger so schön gesehen hast.«

Das Kind (diesen Faden dankbar aufgreifend): »Bagger!«

Die Mutter (ihr reicht es jetzt): »Herrgott noch mal, Lotta! Was ist an diesem scheiß Bagger eigentlich so interessant? Das ist nicht mal ein besonders großer Bagger! Weißt du was, Lotta? Das ist total der Pupsbagger!«

Das Kind (hocherfreut, ein neues Wort gelernt zu haben): »Pupsbagger!«

Die Mutter: »Ganz recht, Lotta. Der kann *nichts*! Pupsbagger sind voll langweilig! Und der hier *tut* nicht mal was, der steht da einfach so rum! Weißt du, an was mich dieser Pupsbagger erinnert? An deinen Erzeuger! Kleines Gerät, das die meiste Zeit nutzlos rumsteht und in kein Loch richtig reinkommt. So, und jetzt lass uns weitergehen!«
Das Kind (noch immer begeistert vom neuen Wort): »Pupsbagger!«
Die Mutter (plötzlich beschämt): »Ja, Pupsbagger! Und den Rest hast du *bitte* nicht gehört.«
Das Kind: »Pupsbagger!«
Die Mutter (energisch): »Komm schon, Lotta, genug Bagger gesehen! Wir gehen!«
Das Kind: »Aba Bagger!«
Die Mutter (versucht, das Kind vom Bauzaun zu lösen): »Der ist morgen auch noch da.«
Das Kind (mit beiden Händen den Bauzaun fest umkrallend wie weiland die eigene Mutter bei der Blockadeaktion der PETA-Ortsgruppe Oldenburg am Tor eines Hühnerhofs bei Vechta): »Bagger! Bagger! Pupsbagger!«
Die Mutter (sich vergessend): »Mann, Lotta! Ich weiß echt nicht, was du an Baggern findest! Du bist doch ein *Mädchen*!«
Das Kind (unbeirrt): »Bagger!«
Eine andere (mit ihrem Kind des Wegs kommende, nicht minder alternative) Mutter: »Ach, und weil sie ein Mädchen ist, darf sie sich nicht für Bagger interessieren? Was sind das denn für Rollenklischees?«
Die Mutter: »Was mischen Sie sich denn da ein?«
Die andere Mutter (insistierend): »Soll ich etwa wegschauen? Nein, das geschieht viel zu oft!«

Das andere Kind (nicht erkennbaren Geschlechts): »Bagger!«
Das Kind: »Pupsbagger, Erzeuger, Loch!«
Die Mutter (errötend): »Ja, Lotta! Das ist ein Bagger!«
Und zur anderen Mutter (frostig): »Lassen Sie uns einfach in Ruhe, wir kommen schon klar.«
Die andere Mutter: »Komm, Toni-Gerrit, wir gehen.«
Das andere Kind: »Aba Bagger!«
Die Mutter (laut feixend): »Hihihi.«
Die andere Mutter: »Toni-Gerrit. Willst du noch Bagger gucken oder zu Hause ein Stück Rüblikuchen?«
Das andere Kind: »Rüblikuchen! Rüblikuchen!«
Die andere Mutter (triumphierend): »Schönen Tag noch! Versuchen Sie's mal mit Verständnis.«
Die Mutter (schneidend): »Sie mich auch.«
Das Kind: »Bagger!«
Die Mutter (trotzdem einen neuen Anlauf wagend und vor dem Kind in die Hocke gehend): »Hör mir jetzt mal gut zu, Lotta: Bagger sind gar nicht toll, Bagger sind böse. Die machen, dass hier die Mieten steigen und alle Freiflächen betoniert werden. Guck mal, hier haben mal Kinder wie du gespielt, und jetzt macht der böse Bagger alles platt.«
Das Kind (berechtigt einwendend): »Auch Pupsbagger?«
Die Mutter: »Auch der Pupsbagger ist Teil des Systems der Gentrifizierung. Auch der Pupsbagger macht, dass hier überall die Mieten steigen und wir irgendwann wegziehen müssen.« (Ihr kommt eine geniale argumentative Idee): »Und weißt du, was das heißt, wenn wir hier wegziehen müssen? Du kannst hier keine Bagger mehr angucken!«
Das Kind (nun deutlich verunsichert): »Bagger ...?«
Die Mutter (sich kurz vorm Ziel wähnend): »Nein, keine

Bagger mehr, wenn der weiterbaggert. Bagger sind böse! Die machen alles zu mit Beton. Siehst du da vorne! Das richten Bagger an: überall Beton!«
Das Kind (hat begriffen): »Beton!«
Die Mutter: »Ja, Beton.«
Das Kind (begeistert): »Beton!«
Die Mutter: »Oh, nein ...«
Das Kind (nun aufgeregt auf und ab hüpfend): »Beton!«
Die Mutter (um mütterliche Fassung bemüht): »Ja, Beton! Gut hast du dir das gemerkt, Lotta!«
Das Kind: »Beton!«
Die Mutter (gebrochen): »Ja, das ist Beton.«
Das Kind: »Beton! Beton! Pupsbeton!«

Und wenn sie nicht einbetoniert wurden, stehen sie heute noch am Bauzaun.

Das Klappern

»Schscht! Könnten Sie das *bitte* ausstellen?«, zischt eine ältere Dame der jungen Mutter hinter mir zu, wo irgendein Sound vom Handy plärrt.

»Ich wollte meiner Tochter nur mal gerade …«

»Ja, und *wir* wollten *nur mal gerade* etwas Ruhe!«

Die Ruhe wird im Ruheabteil des ICE sehr ernst genommen. Deshalb schiebt die linke Frau mir schräg gegenüber auch sofort ihr Notizbuch von der metallenen Klappe des kleinen Mülleimers, der zwischen Tischplatte und Zugwand eingehängt ist, als sie beim Beschleunigen des Zuges zu vibrieren beginnt. Das Vibrationsgeräusch verstummt.

Dass die Frau gegenüber links ist, erkenne ich an ihrem roten Nagellack. Und ihrem Kurzhaarschnitt, auch rot. Und dem Nasenring. Und dem Lippenpiercing. Und dem schwarzen Kapuzenpulli. Und daran, dass sie die Zeitschrift *konkret* liest, und zwar sehr konzentriert, ihre Augenbrauen sind krampfhaft zusammengezogen. Kein Wunder, dass die deutsche Linke immer so verkniffen rüberkommt, wenn ihr Lieblingsmagazin in Schriftgröße 6 erscheint.

Ab und zu schreibt sich die Linke was aus der *konkret* raus: ein Wort, einen Gedanken, etwas, das sich lohnt, auch in Schriftgröße 12 wahrgenommen zu werden.

Dann klappert es wieder. Brrrrrrrr.

Die Linke schaut auf, aber es liegt nichts mehr auf der Mülleimerklappe. Trotzdem ist das Geräusch wieder da.

Diesmal versucht sie es mit Handauflegen. Das Geräusch wird schwächer, bleibt aber. Irgendwo in der Schnittstelle zwischen Tisch und Wandverschalung sitzt es wie ein vergessener Pokémon. Ich weiß, dass die Tischplatte nur in die Wandkonstruktion eingehängt ist, und hebe sie mit meinem Knie kurz an, lasse sie vorsichtig wieder herab. Und, höre da, das Geräusch ist weg. Die Linke nickt mir zu. Ohne ein Wort gewechselt zu haben, haben wir unser Thema für die weitere Reise gefunden.

Mit Störgeräuschen ist es nämlich so: Sie stören erst ab dem Zeitpunkt, da man sie bewusst wahrgenommen hat. Eine Fliege im Schlafzimmer ist erst dann ein Problem, wenn man beschlossen hat, dass sie stört. Das ist das 1. Lärmaxiom. Machen Sie sich mal das Vergnügen: Legen Sie sich abends ins Bett und konzentrieren sich ein paar Minuten lang auf das Rauschen Ihres Blutes in den eigenen Ohren. … Und dann versuchen Sie einzuschlafen.

Vier Stunden dauert unsere Fahrt. Vier Stunden lang klappert's, vibriert's und dröhnt's zwischen Wand und Tisch. Wenn der Zug beschleunigt, klappert's. Wenn er abbremst, auch. Fährt er kontinuierlich schnell, kriegt man's Klappern gestoppt, bis zur nächsten Weiche. Mal hilft Handauflegen, mal hilft das Anheben des Tisches, mal hilft gar nichts, mal nur eine konzertierte Aktion:

Wenn die Linke ihre Linke fest auf den Deckel des Abfalleimers presst und diesen mit der Rechten gleichzeitig unten festhält, während ich mit den Knien den Tisch eineinhalb Zentimeter nach oben hebe und ihn mit beiden Händen von mir wegdrücke, schnarrt und klappert nichts – außer bei geneigten Linkskurven und Beschleunigungen in Tunneln.

»Autsch!«, ruft plötzlich die Linke und lässt los. »Ich hab einen Krampf!«

»Schscht!«, zischt es hinter ihr. »Seien Sie doch mal still!«

Plötzlich greift der bisher teilnahmslose Rentner in unserer Sitzgruppe zu einem Taschentuch, reißt eine Ecke ab, klemmt sie unter den Mülleimerdeckel, und das Klappern verstummt. Triumphierend schaut er uns an, doch in den Blicken von der Linken und mir verbleiben Zweifel. Dann fährt der Zug über eine Weiche.

Brrrrrrrrbbrbrbrrrrrr.

»Ick gloob's nich, verdorri noch mal«, flucht der Rentner. »Ick dacht, jetzt hätt ick's jefunden!«

»Das dachten wir alle schon«, sagt die Linke. »Ich dachte, es wäre der Mülleimer.«

»Ich tippte auf die Aufhängung des Tisches«, sage ich.

»Schscht! Ruhe bitte!«, schimpft die Dame vom Nebentisch.

»Darum jeht's uns ja grade: um dit vermaledeite Jeklappere hier!«, tönt der Rentner. »Hör'n Se dit denn nich'?«

Wir schweigen. Die Klappe klappert. Die Dame vom Nebentisch macht Bekanntschaft mit dem 1. Lärmaxiom. Zeit also für Stufe 2: Störgeräusche können lauter werden bei unveränderter Dezibelzahl. Lärm multipliziert sich mit der Zahl der Betroffenen (sogenannter »Satz der Anwohner«). Der Weg von der Konzentrationsstörung zur Störungskonzentration ist ein kurzer. Klappern ist eine Kollektiverfahrung.

»Das ist ja wirklich nervtötend«, stellt die Dame von nebenan fest. Wir nicken.

»Öl! Da fehlt nur ein bisschen Öl, das hört man doch. Warten Sie mal ...« Sie kramt in ihrer Tasche.

Den Gedanken hatte die Linke auch schon und war sogar zur Tat geschritten. So unauffällig wie möglich hatte sie ihren Zeigefinger kräftig angeleckt und einen Tropfen Spucke ins Scharnier des Grauens geträufelt. Das sagte artig Danke: Brrrrrrrr.

Plötzlich beugt sich die ältere Dame vom Nebentisch mit einer leer gefutterten Tupperdose über unseren Tisch.

»Aber Sie wollen doch nicht ...«, ruft die Linke.

Doch, sie will. »Keine Sorge, das ist nur der Rest vom Salatdressing. Schmeckte fürchterlich, weil mein Mann da wieder viel zu viel Öl drangemacht hat. Das wird helfen.«

Sie kippt die Tupperdose über dem Geräuschherd aus. Der gibt sich unbeeindruckt. Brrrrrrrr.

»Na ja, war'n Versuch«, sagt die Dame, während sie sich aus unserem Luftraum zurückzieht und die Linke mit einem Taschentuch versucht, unseren Tisch und ihr Smartphone vom Salatdressing zu befreien.

»Also, dit könnt' ooch von unten kommen«, analysiert der Rentner und kriecht unter den Tisch. Stufe 3: Lärm macht wahnsinnig.

»Ick bräucht' hier unten ma'n Schraubendreher! Da is' wat locker, gloob ick. Normal würd' ick dis müttem Fingernagel anziehen, aber hier is' allet so glitschig wegen dis janze Öl.«

Ich schaue unter den Tisch, dort kauert der Rentner neben den Sandalen der Linken. Auch ihre Zehennägel sind rot.

»Fragen Sie doch mal den Schaffner, verdammt!«, ruft jemand aus einem der Nebensitze.

»Ach, Schaffner«, wendet jemand anders ein, »die haben doch nur diese Dreikantschlüssel.«

»Dreikantschlüssel kann ick hier nix mit anfang'n«, klingt es dumpf unter dem Tisch hervor.

»Legen Sie doch 'nen Bierdeckel unter's Tischbein! Dann kippelt er nicht mehr«, mischt sich jemand ungefragt ein.

»Aber das ist doch gar nicht der Punkt!«, empört sich die Linke. Offensichtlich ist sie podiumsdiskussionserfahren.

»Nimmst du WD40. Hilft immer, sag isch«, sagt der Türke, der in Erfurt unsere Vierergruppe komplettierte, und zieht eine kleine Sprühflasche aus seiner Lederjacke.

»Wieso haben Sie WD40 in der Innentasche?«

»Isch überführ Gebrauchtwagen, hab isch immer dabei.« Eh wir uns versehen, spritzt er das Zeug in die Ecke zwischen Tisch und Wandverschalung.

»Ihjitt, was'n ditte?«, ruft's unter dem Tisch her.

Das Klappern ekelt sich ebenfalls: Brrrrrrrr.

Ich schiele kurz nach unten und beobachte, wie der Rentner der Linken gerade die rot lackierten Zehen massiert, wobei ihm das Salatdressing-Leichtlauföl-Gemisch an den Fingern offensichtlich gute Dienste leistet.

»Ich hab mal Spray in 'ne quietschende Tür gesprüht, das hat geholfen«, micht sich eine Studentin von vorn ein und hält uns eine kleine Dose über die Rückenlehne.

»Was ist das?«, fragt der Türke.

»Pfefferspray«, sagt die Studentin. »Also, bei meiner Tür hat's geholfen.«

Der junge Türke wirkt skeptisch: »Du bist sischer, dass du Tür von dir meinst und nisch Typ von dir?«

»STOPP!«, rufe ich und erhebe mich. »Das hat doch alles keinen Sinn! Wir machen uns bloß zum Affen! Und dabei sind wir die doch längst nicht mehr, sondern *Menschen*! Das will uns dieses Klappern sagen!«

»Versteh isch nisch'«, sagt der junge Türke.

»Es ist die Botschaft vom Unperfekten. Dieser Zug wurde von Menschen gebaut. Von Menschen für Menschen – und Zugbegleiter. Menschen machen Fehler. Irgendjemand zieht 'ne Schraube nicht richtig an, jemand anders übersieht das Schild ›Ruhewagen‹, jemand vergisst, sein Handy lautlos zu stellen, ein Mann kriegt ständig zu viel Öl ans Salatdressing, ein linker Zeitungsmacher wählt konsequent die falsche Schriftgröße ...«

An dieser Stelle meines Vortrags haben alle Tränen in den Augen. Vielleicht aber auch, weil die Studentin nun doch ihr Pfefferspray eingesetzt hat.

»All das sagt uns dieses Klappern!«, rufe ich weinend. »Es wird immer klappern in unser aller Leben, bis ans Ende unserer Tage. Und es sollte uns nicht stören, weil wir alle unperfekt sind. Weil wir eben Menschen sind.«

Applaus brandet auf. Die Linke notiert sich den Gedanken in ihrem Notizbuch. Die alte Dame schnäuzt sich ergriffen. Nur die junge Mutter zischt: »Schscht! Seien Sie doch mal ruhig, meine Tochter schläft gerade.«

»Nur das noch: Lasst uns das Klappern nicht bekämpfen, lasst uns ihm einfach zuhören!«

Ergriffen schauen wir uns an, und die Klappe sagt: ....

Nichts.

Das Geräusch ist weg. Unbemerkt ist der Zug zum Stehen gekommen, der Zugbegleiter erzählt etwas von »Böschungsbrand«, und für einen kurzen Moment erfahren wir im Stillstand die Ruhe, die wir alle suchten. Dann erhebt sich im Ruhewagen wüstes Wutgeschrei auf »die Bahn mal wieder«.

Sex zu ungewöhnlichen Temperaturen

Es heißt ja immer, Schwule seien krass drauf, wenn es um sexuelle Ausschweifungen geht. Seit Silvester 2009 weiß ich: Was Perversionen, Exhibitionismus und sexuelle Schmerzfreiheit angeht, stecken heterosexuelle Gothicpärchen jeden schwulen Bumsclub locker in die schwarze Tasche.

Sie waren, wie ich, auf einer privaten Silvesterparty im tiefsten Neukölln eingeladen. Sie waren ein Gothicpärchen aus dem Bilderbuch. Gäbe es einen in schwarzes Ziegenleder gebundenen Ratgeber »Gothic für Dummies«: Sie wären darin abgebildet.

Er sah aus, wie man sich einen Gothicjungen vorstellt: blauschwarze, lange Haare, weiß getünchtes Gesicht, Kajal, schwarzes Rüschenhemd, schwarze Schnürlederhose und diverse Amulette, Ketten und Armbänder aus schwarzem Leder mit Nieten oder ohne Nieten oder mit stacheligen Nieten. Dazu fette, schwarze Stiefel mit so vielen Silberschnallen, dass man damit einen Vampir problemlos bis nach Transsilvanien hätte zurückkicken können. Das war jedoch gar nicht nötig, denn eine Vampirbraut saß auf seinem Schoß, und ihre Beißerchen waren hinter schwarz gefärbten Lippen versteckt. Wohlgemerkt: ihre Zähne hinter seinen Lippen.

Sie sah aus, wie ein Gothicmädchen eben so aussieht: genauso wie er. Nur mit Netzstrumpfhose statt Schnürlederhose plus jede Menge rasselndes Gedöns um den Hals. Das

Auffälligste an ihr waren die Silberperlen, die sie trug. Nicht um den Hals, sondern im Gesicht. Etwa zwanzig davon. Ihr Gesicht sah aus wie ein Nadelkissen. Als hätte ein Akupunkteur gewöhnliche Stecknadeln mit Silberköpfen genommen, eingesteckt, um eine schwerwiegende Ganzgesichtsblässe zu kurieren, und diese dann in ihrer Fresse vergessen. Im Grunde fehlten an jeder Nadel nur Goudawürfel und Cornichon, und das Gothicmädel wäre als Käseigel durchgegangen.

Vielleicht hing an jeder Nadel tatsächlich mal ein Cornichon, und ihr Gothicfreund hat die schon alle abgefressen. Nicht unwahrscheinlich, denn auch in diesem Moment schlabberte die gepiercte Gothiczunge des Gothicjungen an den Nadelköpfen im Gothicgesicht des Gothicmädchens rum.

Um zwanzig vor zwölf brachen wir auf. Wir wollten drei Straßen weiter ans Tempelhofer Feld. Das Gelände war noch nicht für die Öffentlichkeit freigegeben, aber vom Zaun aus hatte man einen guten Blick Richtung Tempelhof und Schöneberg. Außerdem war es wohltuend nah, denn es waren knappe fünfzehn Grad minus draußen. Der Himmel klar, die Nacht eiskalt.

Wir deckten uns mit Alkoholika ein – alles andere wäre sofort eingefroren – und zogen los. Am Tempelhofer Zaun hatte sich schon der halbe Kiez Schillerpromenade versammelt. Der Zeiger der Uhr wanderte vor auf zwölf, alles jubelte, wir stießen an, das Gothicpärchen lehnte am Zaun und knutschte rein ins neue Jahr. Ich stieß noch mit ein paar Freunden an, dann schaute ich zurück und traute meinen Augen nicht: Das Gothicpärchen fickte.

Ich habe schon verschiedentlich davon gehört, dass frisch verliebte Paare gerne Silvester um Mitternacht Sex haben – auch wenn es etwas von typisch deutscher Stechuhrmentalität hat, exakt um zwölf kommen zu wollen.

»Moment, Süße, nicht so wild. Lass uns mal langsamer machen, es sind noch zwei Minuten sechsunddreißig!«

Nein, ganz ehrlich: Sex, der sein Finale darin findet, dass der Partner oder die Partnerin zum Schluss laut einen Countdown von zehn runterzählt, gehört nicht zu meinen bevorzugten erotischen Fantasien.

Doch das Gothicpärchen gehörte offenbar in diese Kategorie, wenngleich sie erst loslegten, nachdem sie mit einer Steingutflasche Met aufs neue Jahr angestoßen hatten.

Das Gothicpärchen fickte also. Am Zaun des Tempelhofer Feldes. Inmitten einer unsortierten, aber gut alkoholisierten Schillerpromenadenmischung. Und vor allem: bei fünfzehn Grad minus.

Es ist nur wenig bekannt über das Liebesleben auf Polarexpeditionen. Wir wissen nicht, ob mit etwas mehr Sex in der Truppe Robert Falcon Scott lebendig zurückgekehrt wäre, oder ob Roald Amundsens Norwegercombo nur deshalb überlebte, weil sich die gestandenen Kerle Nacht für Nacht an ihren Eiszapfen lutschten.

Wahrscheinlicher scheint mir, dass, wenn einem nacheinander gerade alle Zehen abgefroren sind, man tunlichst alle weiteren ähnlichen Extremitäten so gut verpackt lässt wie möglich. Ich habe mal Fotos von Reinhold Messners abgefrorenen Zehen gesehen, danach mag man sich abgefrorene Penisse gar nicht mehr vorstellen ... andererseits: Was abfriert, wird schwarz, und Schwarz ist die Farbe der Gothics ...

Mein Respekt für das Gothicpärchen jedenfalls wuchs.

Apropos »wuchs« ... Wie kriegt man eigentlich bei minus fünfzehn Grad eine Erektion? Einmal anfeuchten und steif frieren lassen?

Jedenfalls musste der Gothicjunge einen stattlichen Schwanz besitzen, denn bei minus fünfzehn Grad tendieren männliche Zentralorgane in der Regel zu ihrem kleinstmöglichen Aggregatzustand, und wenn er in diesem Zustand zu einer Penetration fähig war ... alle Achtung!

Nicht dass ich so genau hingeschaut hätte, aber seine Gothicfreundin krallte sich im Zaun fest, schlang ihre Beine um sein Becken, er trug sie auch nicht auf Händen, denn die hielten immer noch zwei Metflaschen. Wenn bei ihm nicht etwas steif und bei ihr nicht etwas drin war, hätte allein die Schwerkraft dafür gesorgt, dass sie einfach vor ihm auf den Boden geplumpst wäre.

Wie war das für sie wohl gerade? Sex bei minus fünfzehn Grad? – Wird man da als Frau statt untenrum feucht eher untenrum glatt? Flutschte hier gar nichts, sondern war es quasi Vögeln wie auf Kufen?

Immerhin, das Gothicpärchen war gut dabei, sie räkelte sich am Zaun, krallte ihre Finger in die Drahtmaschen ... – Oh wei! Kinder frieren ja gerne mal mit nassen Zungen an Laternenpfählen fest. Hoffentlich schwitzte das Gothicgirlie nicht zu arg an den Händen, so fest wie sich ihre wollüstigen Finger gerade im Maschendrahtzaun verhakten. Nachher müssten wir sie mit dem Bolzenschneider befreien!

Oder noch schlimmer: Was, wenn der entkräftete Gothicjunge nach vollzogenem Akt seinen feuchten Dödel aus seinem Gothicmädchen herauszöge und mit der noch nassglänzenden Eichel nur einmal kurz an den Maschendrahtzaun geriete, sodass Ejakulat, Frost und Maschendraht sich vereinigten – zu einem gar nicht mehr so flotten, sondern eher statischen Dreier?

Bei dieser Vorstellung begann ich, schäbig zu kichern, und beendete damit die Sexshow am Tempelhofer Zaun. Aber das Gothicpärchen war eh gerade fertig und zog sich befriedigt an. Erstaunlich viele Neuköllner Passanten nahmen daraufhin ihre Hände aus den Hosentaschen. Einige spendeten Applaus.

Nachtrag: Auf einer Geburtstagsparty im April hörte ich, dass das Gothicmädchen im vierten Monat schwanger sei. Schau an, dachte ich, man hört ja immer wieder mal davon, dass Kinder aus tiefgekühltem Sperma gezeugt wurden. Offensichtlich geht das sogar bei echtem Sex. Hoffentlich kommt das Baby nicht als Käseigel auf die Welt.

2

FRÜHKINDLICHE UND FAMILIÄRE PRÄGUNG

Das Ding aus dem Teich

Es war später Februar, unsere Bauernschaft tief verschneit. Damals gab es das noch: Winter mit extrem viel Schnee. Der Teutoburger Wald war beliebtes Wintersportgebiet, Bielefeld galt als das St. Moritz Westfalens. Mein jüngster Bruder wurde im Dezember geboren. In jenem Jahr waren wir so eingeschneit, dass mein Vater meine hochschwangere Mutter mit dem Trecker und Schneeketten ins Krankenhaus gefahren hat. Für meine Mutter bekam der Begriff »Schneewehen« da eine ganz neue Bedeutung.

Es muss Ende desselben Winters gewesen sein, dass Marcus Lodemann und ich in meinem neuen, rostroten Schneeanzug durch die malerische Winterlandschaft streiften. An diesem Tag zog es uns zu einem kleinen Teich nahe seines elterlichen Hofs. Früher wohl mal Waschteich gewesen, dümpelte der Tümpel inzwischen als Feuerlöschteich dahin. Der schmale Bach, den wir nahe Lodemanns Hof im Sommer immer stauten, speiste ihn über einen kleinen Zulauf, ein paar trostlose Tannen verbargen das brackige Gewässer. Es war ein hässlicher Weiher, doch die Wintersonne hatte ihn verwandelt in eine prachtvolle Schneekönigin unter den Teichen; eine glitzernd daliegende Eisfläche blinzelte uns verlockend zu. Wir nahmen die Einladung an und schlitterten lustvoll über das Eis. Hier und da knackte es gelegentlich, aber das machte Eis eben so. Holz arbeitet, sagte man uns immer, wenn es irgendwo im Haus knackte. Und wir übertrugen das aufs Eis, und es trug dafür uns. Ein fairer Deal, fanden wir. Wir hopsten und schlitterten und drehten gewagte Pirouetten. Wir waren die Norbert Schramms* in Gummistiefeln.

Doch plötzlich hörten wir einen Schrei.

Es war ein Schrei, der mir noch heute das Mark in den Knochen gefrieren lässt. Die steinalte Ilsegred Döppenkamp stand in ihren immer muffigen, schwarzen Gewändern am Ufer des Teiches mit ausgebreiteten Armen wie eine Vogelscheuche – genauer gesagt: eine Vogelscheuche, die *uns* anschrie.

»Jungens!«, gellte sie mit einer heiser erhobenen Altfrauenstimme, wie ich sie noch nie vernommen hatte: »Kümmt jie woll rünner von' Ejs! Or witt jie, dat jiu de Dümpelwillem halt?!«

Ihre Stimme war furchterregend und so schneidend, dass auch das Eis auf dem Teich zusammenzuckte. Mit einem Mal knackte es sehr bedrohlich. Ilsegred Döppenkamp schien mit ihrer Warnung genau das ausgelöst zu

---

* Eiskunstläufer der späten Siebziger- und frühen Achtzigerjahre. Wagte sich 2009 noch einmal auf das Glatteis des RTL-Dschungelcamps.

haben, was sie zu verhindern suchte. Wir standen stocksteif und bewegten uns nicht. Dann schlichen wir langsam, Schritt für Schritt, vom Eis.

Das eigentlich Verwunderliche war gar nicht Ilsegreds Warnung selbst, sondern dass sie überhaupt gesprochen hatte. Ich kannte sie nur als die schwarz-schweigende Eminenz vom Lodemann'schen Hof. Selbst Marcus schien überrascht, und er wohnte mit ihr unter einem Dach. Selbst wenn ich mal bei Lodemanns zum Essen blieb, saß die alte Ilsegred Döppenkamp immer nur bei Tisch und das Einzige, was ich je von ihr vernommen hatte, war ein leises Schlürfen, wenn sie ihre Suppe aß. Mehr als Suppe, sagte Frau Lodemann, könne die alte Ilsegred mit ihren drei Zähnchen eh nicht mehr essen. Im Grunde aß sie die Suppe auch gar nicht, sie atmete sie ein.

Am Ufer des Teiches angelangt, waren wir noch völlig perplex von der Wucht der Ermahnung. Doch Ilsegred Döppenkamp sagte kein weiteres Wort. Kopfschüttelnd wandte sie sich ab und schlich schwarz auf weiß zurück zum Hof.

»Was hat sie gerade gesagt?«, fragte ich.

Das war in der Tat ein Problem: Ilsegred Döppenkamp war so alt, dass sie nur Plattdeutsch sprach oder, wie man bei uns sagte, »Platt kuüerte«, aber das machten nur noch die alten Leute.

»Na, war doch wohl klar, wir sollten runter vom Eis.«

»Ja, aber danach?«

»Keine Ahnung, irgendwas mit ›ob wir wollten, dass uns der Tümpelwillem holt‹.«

»Der Tümpelwillem?«

»Keine Ahnung. Ilsegred halt. Was alte Leute so reden.«

»Aber Ilsegred redet sonst nie.«

Marcus schien nun ernsthaft zu überlegen, ob er Ilsegred schon jemals hat sprechen hören. »Egal, alt ist sie trotzdem. Lass uns Playmobil spielen.«

»Na, was hast du heute alles erlebt?«, fragte mich meine Mutter beim Abendbrot.

Aufgeregt erzählte ich vom Höhepunkt des Tages: »Die alte Ilsegred Döppenkamp hat gesprochen!«

»Nein!«, schallte es mir entgegen. Wir waren eine große Familie, die halbe Sippe aß gemeinsam. »Dat kann nich' stimm'.«, »Ich hab die noch nie sprechen gehört!«, »Ich auch nicht.«, »Ich auch nicht.« »Jau.«, »Jau!«, »Jau!« – »Kann gar nicht sein.«

»Doch!«, insistierte ich. »Sie hat gesagt, wir sollten vom Eis kommen, sonst holt uns der Tümpelwillem.«

»Der Junge hat einfach eine lebhafte Fantasie!«, seufzte meine Mutter.

Mein Vater sagte daraufhin das, was er in solchen Situationen immer zu sagen pflegte: »Also von mir hat er die nicht … Ilsegred Döppenkamp. Gesprochen. Dass ich nicht lache.«

»Und was ist mit dem Tümpelwillem?«, fragte ich.

»Was soll da sein. Da ist mal 'n Junge eingebrochen im Eis. Der hieß Wilhelm. Ist schon lange her«, sagte mein Vater. »Ich kenn die Geschichte auch nur vom Erzählen. Muss passiert sein, als die alte Ilsegred noch jung war.«

Das war wiederum für mich eine überraschende Nachricht. Die alte Ilsegred Döppenkamp sollte mal jung gewesen sein? Vielleicht hatte ich die lebhafte Fantasie doch von Papa.

»Und was ist mit dem Tümpelwillem passiert?«

»Na, wat soll schon groß passiert sein. Mausedoot issa

gewesen, der kleine Wilhelm«, westfälelte mein Onkel. Damit war das Thema durch, zumindest bei Tisch.

Mich aber hatte das Schicksal vom armen Wilhelm, der im Eis einbrach, in den Bann gezogen. Schließlich sah ich mich als Naturwissenschaftler und Ethnologe und interessierte mich für Detektivgeschichten. Zumindest sah ich gern *Nick Knatterton* im Fernsehen.

Ich zog weitere Erkundigungen ein, befragte meine Onkel, Nachbarn und andere alte Leute, doch die Tümpelwillemforschung erwies sich als hochkomplexes wissenschaftliches Terrain mit disparaten Ergebnissen. Frau Heimann meinte, der Tümpelwillem wäre in meinem Alter gewesen, Bauer Lünkenschroth sagte, er wäre sicher schon zwölf und in eine Magd auf dem Lodemannsch'en Hof verliebt gewesen. Außerdem hätte er nicht Willem geheißen, sondern Willi. Davon wusste Frau Lodemann nichts, erklärte mir aber, Willem wäre von einem der Höfe hinterm Berg gewesen, deshalb hätte man hier erst Tage später nach ihm gesucht und ein Loch im vereisten Waschteich entdeckt. Es sei schon wieder zugefroren gewesen, Willems Mütze im frischen Eis eingeschlossen. Bei meinem Onkel war es ein Handschuh, laut Oma ein Taschentusch, und Bauer Lünkenschroth sprach sogar von »seiner Unnerbüxe«. Im Frühjahr hätten sie dann das Wasser vom Teich abgelassen. Ab da fing die Geschichte an, mich ein wenig zu gruseln. Einige meinten, man hätte den kleinen Willem gefunden und begraben, die Mehrheit der Befragten schwor allerdings Stein und Bein, vom Tümpelwillem hätte man nie mehr als seine Mütze (Handschuh, Taschentusch, Unnerbüxe) gefunden. Die Eltern hätten einen leeren Sarg zu Grabe getragen. Nur in einem waren sich alle Befragten völlig einig: dass ich diese Geschichte unmöglich von der alten Ilsegred Döppenkamp haben könne, denn »die hätt' jo noch nie watt seggt«.

Inzwischen war es Ende März. Das Frühjahr zog mit Macht ein. Lodemanns Tümpel lag wieder brackig und hässlich zwischen den struppigen Tannen.

Marcus und ich standen bei Mofa-Peter auf dem Hof. Mofa-Peter wohnte in einem von Lodemanns Kotten, und sogar er kannte die Geschichte vom Tümpelwillem. Ihm stellte ich die eine Frage, die ich bisher noch niemandem zu stellen gewagt hatte, aber Mofa-Peter vertraute ich, denn er war sechzehn und hatte ein Mofa.*

»Und wieso holt einen der Tümpelwillem, wenn man aufs Eis geht?«

»Na, ist doch klar«, sagte Mofa-Peter. »Weil er immer noch im Teich ist. Man hat ihn ja nie gefunden.« Dann senkte Mofa-Peter seine Stimme: »Weißt du, er lebt dort – bis heute.«

»Aber muss er dann nicht schon sehr alt sein?«

»Nee, guck dir den Teich an, der ist so brackig. Das Wasser konserviert. Sicher hat sich sein Körper schon an den Teich angepasst.«

»Angepasst?«, fragte ich mit großen Augen.

»Ja, klar! Schwimmhäute zwischen den Fingern. Er sieht ein bisschen aus wie eine Mischung aus Kind und Kröte. Er kann aus dem scheiß Tümpel nicht mehr raus, und das macht ihn verdammt wütend.«

»Was findest du daran witzig?«, fragte ich Mofa-Peter, der gerade zu lachen schien. »Ich find das ganz schön traurig.«

* Vgl. dazu: Surmann, Volker: Kausale Logik für Siebenjährige. Bielefeld University Press, ca. 2018.

»Ich auch.« Mofa-Peter schlug sich die Hände vors Gesicht. »Ich lache nicht, ich weine. Das Schicksal von dem armen Willem geht mir einfach zu nah.«

Ich wollte Mofa-Peter trösten, aber meine Hand erreichte seine Schulter nicht, weil er gerade den Motor antrat. Immer noch schluchzend prötterte er davon.

Wieso hätte ich ihm nicht glauben sollen? Er war doch schon sechzehn und hatte ein Mofa! Mehr Glaubwürdigkeit ging nicht. Und das mit der Verwandlung im Wasser erschien mir gar nicht so abwegig. Im Fernsehen guckte ich ab und zu mit meiner Mutter *Der Mann aus dem Meer*, und da hatte Patrick Duffy auch Schwimmhäute zwischen den Fingern. Es schien mir nicht unmöglich, dass Tümpelwillem noch lebte ... Aber wovon? Lockte er wirklich kleine Jungs in den Teich, wie Ilsegred Döppenkamp zu denken schien? Oder fing er schon Fliegen mit seiner lang gewachsenen Kinderzunge?

Marcus und ich beschlossen, der Sache experimentell auf den Grund zu gehen. Wenn wir in Playmobil vertieft waren, brachte Frau Lodemann uns gelegentlich Brötchen mit Zwiebelmett ins Spielzimmer. Bislang hatte ich meins immer Marcus überlassen. Mett fand ich eklig, und von den Zwiebeln musste man immer so viel pupsen. Aber für jemanden, der fast sein ganzes Leben in stehendem Brackwasser hauste, musste ein Brötchen mit Zwiebelmett sicher ein Festschmaus sein. Also drapierten wir das Zwiebelmettbrötchen am Teichufer.

Am nächsten Tag kehrten wir zurück, und siehe da: Das Brötchen war verschwunden! Und Moment, hatte es da im Wasser nicht gerade verdächtig geblubbert?

Wir wiederholten das Experiment noch einige Male – immer mit demselben Ergebnis. Jetzt waren wir uns sicher: Tümpelwillem lebt!

Nachdenklich schlurften Marcus und ich zurück ins Haus. Die alte Ilsegred Döppenkamp saß auf einer Bank und kaute mit ihren drei schwarzen Zähnen an einem Mettbrötchen herum. Sie musterte uns eindringlich, als wir vorbeiliefen. Hatte sie den Tümpelwillem etwa gekannt? War sie die junge Magd gewesen, in die er einst verliebt war und derentwegen er im Eis einbrach?

Von nun an bat ich Frau Lodemann gelegentlich selbst um ein Brötchen mit Zwiebelmett, das sie mir nur allzu gerne schmierte. Ich brachte es immer zu Tümpelwillem, der schien darauf ja richtig abzufahren.

Als meine Mutter mal zum Eierholen bei Lodemanns war, erwähnte Frau Lodemann meine Passion für Zwiebelmett, und meine Mutter muss sie daraufhin sehr entgeistert angestarrt haben. Als ihr Frau Lodemann dann auch noch berichtete, dass die alte Ilsegred in letzter Zeit immer so Verdauungsprobleme hätte, kam sie danach nach Hause und wusste zu berichten, dass Frau Lodemann auch immer wunderlicher würde. Die Blähungen der alten Ilsegred wären nun wirklich kein Thema für den nachbarlichen Smalltalk, und auch sonst hätte die Frau Lodemann wohl etwas viel Fantasie. »Von mir hat se die nicht«, sagte mein Vater und lachte.

In Sachkunde lernten wir in dieser Zeit, dass etwas, wo ganz seltene Lebewesen lebten, »Biotop« genannt werde und geschützt werden müsse. Das sei unser aller Pflicht.

Ich ließ mich in die Pflicht nehmen. Auch wenn Marcus lieber Kuhfladenweitschlittern oder Flutkatastrophe am Bach mit mir gespielt hätte, ließ er sich doch drauf ein, Biotopschutz mit mir zu spielen. Hauptsache, man konnte sich gut dreckig dabei machen. Als Erstes rissen wir Gras vom Ufer des Teiches und starteten die Aktion »Unser Teich soll schöner werden«. Dazu klaubten wir aussortierte Primeln vom Komposthaufen einer nahe gelegenen Gärtnerei und pflanzten sie am Teichufer, Tümpelwillem sollte einen hübschen Vorgarten bekommen. Als es wärmer wurde, fiel uns auf, dass Tümpelwillem in seinem Teich gar nichts sehen konnte, so rasant breitete sich die Entengrütze aus. Hier war Wasserspiegelputzen angesagt!

Bis zu den Oberschenkeln, unsere Gummistiefel waren längst vollgelaufen, standen wir im schlammigen Ufer und fischten mit einem Kescher die grünen Teichlinsen zentnerweise von der Wasseroberfläche. Eine Sisyphusarbeit! Stinkend nach Moderwasser und über und über mit Entengrütze besprenkelt, kehrte ich abends zurück und erzählte beim Abendbrot, wir hätten heute ein Biotop geschützt, und mein Vater schlug die Hände über dem Kopf zusammen. »Biotopschutz« kam im landwirtschaftlichen Vokabular seinerzeit direkt nach »Mehltau« und »Maul- und Klauenseuche«, und meine Mutter seufzte: »Von mir hat er das nicht.«

So hätten wir wahrscheinlich noch den ganzen Sommer weitergemacht, wäre nicht Anfang Juli Lodemanns alte Scheune abgebrannt. Kein allzu ungewöhnlicher Vorgang in Westfalen, so etwas passiert auf dem Land. Das windschiefe Gebäude war bis obenhin mit Stroh gefüllt und brannte bis auf die Grundmauern nieder. Ungewöhnlich war nur, dass bei diesem Einsatz der Freiwilligen Feuerwehr ein kleiner Junge Zeter und Mordio schrie und einem Feuerwehrmann vors Schienbein getreten haben soll, mit der Begründung, sie betrieben gerade ganz furchtbaren Umweltfrevel.

»Das dürft ihr nicht!«, krakeelte ich wütend. »Das ist ein Biotop!«

»Das ist ein Feuerlöschteich!«, belehrte mich der Feuerwehrmann. »Und jetzt hör bitte auf, dauernd gegen meine Stiefel zu treten! Ich muss hier aufpassen, dass der Schlauch nicht verstopft!«

»Aber da drin wohnt Tümpelwillem!«

»Können Sie mal den Jungen hier wegholen?«, schrie der Feuerwehrmann Marcus' herbeigeeilte Mutter an. »Da hat jemand zu viel Fantasie!«

Stunden später war der Teich verschwunden, der gierige Saugrüssel der Feuerwehr hatte fast alles Wasser abgeschlürft. Von Tümpelwillem keine Spur. Entweder hatte er rechtzeitig die Flucht ergriffen oder war mit auf die brennende Scheune geblasen worden. Lodemanns sollten später die Gelegenheit nutzen und den ollen Teich zuschütten, um darauf eine neue Garage für ihren Mercedes 190 zu errichten.

Noch immer wässerte man die niedergebrannten Mauern der Scheune, um auch die letzten Brandnester zu ersticken. Ich stand erschüttert bei dem Saugrohr und schaute in die braune Schlammgrube, die mal ein Teich gewesen war. Frau Lodemann lief mit einem Tablett über den Hof und versorgte die verbliebenen Feuerwehrmänner mit Zwiebelmettbrötchen. Mir bot sie auch eins an. Ich lehnte ab.

Marcus wollte ab diesem Tag Feuerwehrmann werden, ich hingegen Umweltschützer. Mein Vater lief daraufhin ein paar Wochen durch die Nachbarschaft und stellte klar: »Von mir hat er das nicht.«

Schlüsselbeinbruch mit Udo Jürgens

1984 schrieb das ZDF einen Malwettbewerb für Kinder aus. Bilder zu bekannten Liedern galt es zu fabrizieren. Mit einigen Erfolgen beim jährlichen Malwettbewerb der heimischen Volksbank im Rücken – einmal hatte ich sogar eine hundekotfarbene Reisetasche gewonnen! –, machte ich mich ans Werk.

Problematischer war die Auswahl geeigneten Liedguts.

Leider hatte ich zu diesem Zeitpunkt sowohl den Einstieg in die Pubertät verpasst als auch, mich vom Musikgeschmack meiner Eltern zu emanzipieren. Um es kurz zu machen: Ich hörte Udo Jürgens. Meine Mutter war damals noch erklärter Fan, und die Hintergründe, wieso mein Mitte der Siebzigerjahre geborener Bruder Udo heißt, konnten in unserer Familie nie ganz aufgeklärt werden.

Mein Lieblingslied, das ich tagein, tagaus mehrfach hörte, weil es mich betörte wie unerlaubte Rauschmittel, war »Rot blüht der Mohn« – ein Höhepunkt aus Udo Jürgens' Schaffensphase der sozialkritischen Protestschmonzette. Uns' Udo trifft darin einen *»guten Freund aus alten Zeiten«*, den er *»kaum mehr erkannt«* hätte. *»Blass sein Gesicht, seine Augen leer in tiefen Höhlen«*. Alles klar, der Typ hat ein veritables Drogenproblem. Der Refrain lautet dann auch: *»Rot blüht der Mohn, / und der Wind wiegt ein Meer aus Blüten. / Bald bleibt davon / nur ein weißer Staub in Plastiktüten. / Rot blüht der Mohn, / Millionen Tränen nähren ihn wie Tau.«*

In der zweiten Strophe jammert der alte Junkie unserem Udo seine Leidensgeschichte ins Ohr – schön im Schlagertakt: »*Hab's nur probiert, wollte einfach mal die Wirkung fühlen. / So lief ich blind in das Feuer, in dem jeder Traum verbrennt. / Heut ist mir klar, mit dem Teufel schließt man keine Wetten. / Ihn zahlt man bar, sogar Kinder schlägt sein Gift in Ketten. / Wer denkt daran, wenn er rote Felder sieht im Orient.*«

Die Bilder des Liedes gab der Text selbst vor: Ich sehe eine schlaksige Gestalt mit angelaufenem Schnurrbart, eingefallenen Wangen und geröteten Glubschaugen an einer Theke hängen, vor ihm ein paar leere Schnapsgläser und das Briefchen mit dem Heroin zwischen den Fingern; sehe im Hintergrund psychedelisch anmutende, dunkle Farben, sehe gar einen diabolischen Fremden, der mit glänzendem Gesicht, pechschwarzem, schmierig zurückgegeltem Haar und falschem Lächeln holden, lockigen Knaben Schlafmohndrops anbietet ... – All diese Bilder malte ich nicht.

Ich malte eine Mohnblume. Denn ich dachte wirklich, es gehe in diesem Lied um Blumen.

Als Bauernkind und passionierter Pflanzensammler war ich mit Mohnblumen an Ackerrändern deutlich vertrauter als mit Drogen. Koks, Heroin, Crack, Haschisch, all die Dinge, mit denen Berliner Grundschulkinder heute wie selbstverständlich umgehen, kannte ich damals ja nicht.

Ich war stolz auf meine Mohnblume. Mit Wasserfarbe auf Herlitz-DIN-A3-Papier gemalt, würde sie der Jury im ZDF blutrot entgegenleuchten. Ich zeigte das Ergebnis meiner Mutter, sie mochte mein Lieblingslied überhaupt nicht und sagte nur: »Äh, ja. Hübsch, dann schicken wir das mal schnell los.« Die Farbe war noch nicht ganz trocken, da hatte sie das Bild schon in eine Versandrolle gesteckt. Sicher war sie froh, dass ich das Lied so überhaupt nicht verstanden hatte, damit blieb ihr wenigstens erspart, einem Elfjährigen komplexe Suchtproblematiken zu erörtern.

Auch mich beschlich das unbestimmte Gefühl, dem Lied nicht hundertprozentig gerecht geworden zu sein. Schließlich war von einem »Blütenmeer« die Rede, ich aber hatte nur eine einzige Mohnblüte gemalt.

Auch in der Schule verstärkte sich meine Ahnung, diesen Malwettbewerb womöglich grundsätzlich falsch angegangen zu sein. Aber das rührte daher, dass ich noch nicht in der Pubertät war. Ich wusste zwar nicht, was Pubertät genau war, aber mir fiel schon auf, dass Holgi Schumacher und Gordon Baukass neuerdings andere Musik hörten und von Madonnas Möpsen redeten. Zwei Begriffe, mit denen ich wenig verband, weshalb ich insgeheim froh war, dass es nie einen Wettbewerb gab, bei dem ich in die Verlegenheit gekommen wäre, Madonnas Möpse zu malen. Vermutlich wäre eine Art Heiligenikone mit Hunden dabei rausgekommen. Aber so war ich damals. Ich hätte zu »Hells Bells« einen leuchtenden Hund gemalt und zu Christiane F.'s Buch »Wir Kinder vom Bahnhof Zoo« ein paar Tierbabys, die auf den Zug warten.

Zu gewinnen gab es bei dem Wettbewerb einen vollautomatischen Walkman. Ich hatte zwar keine genaue Vorstellung, was man damit machte, war mir aber sicher, dass in der Schulhofhierarchie Besitzer eines vollautomatischen Walkmans garantiert auch über Madonna und ihre Möpse mitreden durften.

Mit diesem Gedanken einher schlich die Befürchtung, vielleicht einen meinem Alter doch ein bisschen unangemessenen Musikgeschmack zu haben. In meinen Träumen tauchte immer öfter Dieter Thomas Heck auf, der einzige ZDF-Moderator, den ich regelmäßig sah. Hämisch verkündete ausgerechnet er die Ergebnisse des Malwettbewerbs: »Hallo, Jungs und Mädchen! Hier ist Berlin, live aus den Berliner Union-Studios präsentiere ich euch die Gewinner des Malwettbewerbs im Zett Dee Eff. Der zehnjährige Kemal Büglü aus Frankfurt-Rödelheim hat ein cooles Bild zu *Frankie goes to Hollywoods* Song ›Relax‹ gemalt. Dafür gibt's den 3. Preis: eine tolle MC von *Geier Sturzflug*. Der 2. Preis geht an die erst achtjährige Nicole Markowski aus Bochum. Sie hat diese wunderschönen, halb nackten ›Wild Boys‹ zum Top-Hit von *Duran Duran* gezeichnet. Dafür gibt's diese super Casio-Armbanduhr mit Digitalanzeige, die garantiert alle fünf Minuten piepst. Der 1. Preis – ein vollautomatischer Walkman der Marke Philips – geht an den elfjährigen Volker aus dem Teutoburger Wald für sein hübsches Blumenbild zu Udo Jürgens' Schlager ›Rot blüht der Mohn‹«. Die Kamera zoomte auf mein Bild, die Regie spielte dazu Udo Jürgens ein, und das Publikum brach dazu in endlos johlendes Sitcomgelächter aus.

Schweißgebadet wachte ich auf, mein Schlafanzug war klatschnass geschwitzt. Verdammt, durchfuhr es mich, jetzt ist es so weit, meine Pubertät hat begonnen! Holgi Schumacher hatte nämlich erzählt, dass feuchte Schlafanzughosen dabei irgendeine Rolle spielten.

Ich hatte Glück. Mein Mohnblumenbild verschwand irgendwo im ZDF. Außer einem wiehernden Lachen aus der Kinder- und Jugendredaktion, das man aber nur bis Wiesbaden hören konnte, blieb es folgenlos. Ich habe keinen Walkman gewonnen, und irgendwie machte ich Udo Jürgens dafür verantwortlich. Ich beschloss zu pubertieren, tauschte meine *Pitje-Puck*-Bücher gegen eine MC von Peter Schilling ein und warf beim Toben meinen Bruder Udo von einem Matratzenstapel, sodass er sich das Schlüsselbein brach. Ich ließ es wie einen Unfall aussehen. Nur eins änderte sich auch in der Pubertät nie: Für Madonna und Möpse interessiere ich mich bis heute nicht.

Meine schönsten Sportunfälle

Olympia. Mein Fernseher läuft im Dauerbetrieb. Wie bei jeder Olympiade. Feldhockey, Beachvolleyball, Synchronschwimmen, Keirin (irgendwas mit Fahrrädern, das ich nicht verstehe), Frauensegeln im Einerwindjammer oder fünfzig Kilometer Stehen der Herren. Ich schaue alles. Ich bin sportbegeistert, zumindest passiv. Das rührt schon aus Schulzeiten her.

Im Fach Sport war ich nie gut, aber auch nie schlecht. »Nie gut« und »nie schlecht« hebt sich gegenseitig auf, also hab ich um Sport nie groß Aufhebens gemacht. Die Sportlehrer um mich auch nicht. Irgendwer muss ja der schnöde Durchschnitt sein, von dem sich die Lieblingsschüler abheben.

Um Vereinssport machte ich folgerichtig einen Bogen. Viele meiner Mitschüler waren in irgendeinem »TuS«. Ich hatte keine Ahnung, wofür »TuS« stand, vermutete aber lange Zeit, es hätte etwas mit Alkohol zu tun. Noch heute verdanken viele Sportvereine auf dem Land ihre Existenzberechtigung allein den jährlichen Bockbierfesten. Fehlen Handballer im olympischen Turnier aufgrund von ernstzunehmenden Verletzungen wie Unterschenkelabriss oder Sprungbandsalat, ich bin mir sicher: Im TuS Bröckelberg-Hasenloh war der häufigste medizinische Grund für das Fehlen auf dem Platz das *delirium tremens.*

Blieb noch der Schulhof. Auch dort war ich eine sportliche

Randerscheinung: Pause für Pause wurde in einer Ecke des Hofs gekickt, und ich erschien am Rand. Dies war mein Sportplatz. Mag man noch so viel vom olympischen Geist des »Dabeisein ist alles« reden, beim Schulhofsport spukt allein der Geist der sozialen Segregation. Mitmachen darf nur, wer cool genug ist. Darüber wachte André Gröning, ein verschlagener, pausbäckiger Junge mit permanentem fiesem Grinsen auf den schmalen Lippen. Beides – fieses Grinsen und schmale Lippen – rührte daher, dass André nicht nur die größte Klappe unserer Klasse hatte, sondern auch die breiteste: Er besaß doppelt so viel Kiefer, aber nicht mehr Lippen. André Gröning war der »Chef de Mission Schulhofsport«, das war seine ökologische Nische im Habitat Schule. Er war im Sportunterricht zu schlecht, um mit den Vereinscracks mitzuhalten; und um schulisch anerkannt zu werden, hatte er ein Problem: Die Größe seines Kopfes wurde nur durch ein Mehr an Leere kompensiert. So blieb ihm nur die Rolle des verschlagenen Alphaäffchens im Schulhofsport. Zutreten konnte er halt am besten.*

Beim Fußball bestimmte André die Mannschaften, und wir mussten draußen bleiben. »Wir«, das waren alle Mädchen (ausgenommen Sylvia Nollkämper-Lammerschmidt, die überall mitmachen durfte, brachte sie doch zwei Bälle mit ins Spiel, auf die André Gröning noch lieber starrte als auf seinen schmutzigen Tennisball) sowie Christoph und ich. Christoph, weil elf Dioptrien und Lehrerkind, und ich, weil ich.

---

* Später glaubte er, eine ähnliche Nische in der Politik gefunden zu haben – mit wenig Erfolg. Bis heute weiß ich von keinem anderen Menschen, dem es gelang, aus der FDP ausgeschlossen zu werden aufgrund asozialen Verhaltens.

Nur einmal durften wir doch mitspielen. An dem Tag war der Schulhof vorm Mittelstufentrakt stark vereist, und die Leistungssportler befürchteten, sich kurz vorm Saisonfinale zu verletzen, dem TuS-Karnevalsfest. Zudem hatten die Lehrer der menschlichen Natur die ersten Unterrichtseinheiten Pubertät auf den Stundenplan des Lebens gesetzt, und einige Mitschüler wechselten die Disziplin vom Schulhofkicken zum Dauerknutschen mit nachgerade olympischem Eifer. Da war Dabeisein wirklich alles.

»Ey, Surmann!«, grölte André Gröning. »Komm ma' her. Und Töffti, du auch!«

So hatte er Christoph mal getauft, denn Töffti war so schlaksig wie hüftsteif, kam stets mit schwarzem Samsonite-Koffer zur Schule und wirkte mit seinen elf Dioptrien tatsächlich immer etwas verloren und orientierungslos. »Töffel«, sagt der Westfale dazu.

Töffti schaute verwundert auf: »Wa-was? – Ich?«

»Ja, klar, wer sonst? Nicht nur gucken, ihr beiden! Mitmachen!«

Töffti fiel vor Verwunderung die angebissene Käsestulle aus der Hand.

Kurz darauf schlitterten wir mit sechs anderen Jungs über die vereiste Fläche und versuchten, den gelben Tennisball zu treffen, der mit dem anpappenden Schnee aussah wie angeschimmelt. »Zu mir! Zu mir!«, bellte André, er stand vorne im Sturm, denn im gegnerischen Tor stand Sylvia Nollkämper-Lammerschmidt.

Töffti beim Fußballspielen, das hatte die Anmut eines Profibasketballers bei der rhythmischen Sportgymnastik. Es erinnerte an Tischfußball: Töffti stand auf dem Platz, als trüge er gerade seinen Samsonite-Koffer. Meist traf er den Ball nur halb, denn genau hinzuschauen, traute er sich nicht aus Angst, seine Brille könne dann runterfallen.

Ich versuchte, einen Ball von links zu Töffti ins Mittelfeld zu geben, und war überrascht, dass er dort tatsächlich ankam. Töffti noch viel mehr. André schrie: »Zu mir! Zu mir! Mensch, Spasti, spiel ab!« Erschrocken trat Töffti über den Ball. Wutentbrannt grinsend stürmte André ins Mittelfeld, holte sich die Pille und haute Töffti noch das Standbein weg. André Gröning war sich für nichts zu schade: nicht mal seinen eigenen Mannschaftskameraden zu foulen. Töfftis Grobmotorik war für diese Aktion weder ausgelegt noch kam sie mit dem Glatteis zurecht. »Klopp!«, machte es, als sein Hinterkopf auf dem Platz aufschlug. Doch André ließ seinen Vorteil gelten und krakeelte: »Weiter! *Se Gehm mast go ohn.*«

Zwei Spielzüge später lag Töffti noch immer auf dem Boden, ich lief zu ihm. Vielleicht war ja seine Brille kaputt gegangen, und er *wollte* aufstehen, wusste aber nicht, *wohin*. Nein, die Brille war okay. Zersplittert war nur die zugefrorene Pfütze, auf der sein Hinterkopf aufgeschlagen war. Blut sah man keines, aber viele zarte Risse im Eis strahlten von seinem Kopf aus wie bei einer Heiligenikone. »Alles klar, Christoph?«, fragte ich.

Töfftis Pupillen kullerten in seinen Brillengläsern herum. Ich deutete das als »ja«. Dann versuchte er ein Nicken.

»Ey, Töffti, mach ma' Platz, dass wir weiterspielen können!«, nölte André. Wohl nur deshalb half er ihm mit auf. Ein kreisrundes Stück Eis blieb an seinem Hinterkopf kleben. Das war ganz praktisch, so wurde seine Beule automatisch gekühlt. Töffti schaute sich fragend um: »W-was ...?«

»André hat dich gerade gefoult«, klärte ich auf.

»Ich ... hab ...«, Töffti sprach mit sehr großen Pausen, während er angestrengt versuchte, seine immer noch ungeordnet umherpaddelnden Pupillen wieder aufs Synchronschwimmen einzuschwören, »ich ... hab ... *Fußball* ... gespielt?«

Ich war beruhigt: Töffti war nichts passiert. Er war genauso realitätsfremd wie immer.

Kurz darauf klingelte es, wir gingen wieder in die Klasse, Töffti allerdings ungelenker als sonst. Auf dem Weg zu seinem Platz eckte er mehrfach an, er verfehlte seinen Stuhl und rutschte auf den Fußboden. Dort grinste er dümmlich, bis ihn Herr Lührmann aufforderte, sich hinzusetzen. Das tat er auch, legte dann aber seinen Samsonite-Koffer flach auf den Tisch und bettete seinen Kopf darauf. Die Erdkundestunde begann. Wir groovten uns ein in die globale Langeweile.

»Womit sind gut siebzig Prozent der Erdoberfläche bedeckt?«, fragte Herr Lührmann. »Christoph?«

Irgendwas in Töffti schien ihn daran zu erinnern, dass das sein Name war, er hob seinen Kopf an und sagte: »Was-hä?«

»Wasser. Genau. Sehr gut, Christoph«, sprach Herr Lührmann. Töffti legte sich wieder hin, begann allerdings nun zur Überraschung aller, vor sich hinzusummen. Es klang ein bisschen nach dem Sandmännchenlied. Das Eis an seinem Hinterkopf war geschmolzen und lief ihm die Wangen runter. »Was ist denn mit Christoph los?«, fragte Herr Lührmann.

»Nix!«, rief André Gröning und grinste. »Der ist doch immer so.«

»Er ist beim Fußball in der Pause gefallen«, klärte ich auf. »Aber danach war er eigentlich wieder okay.«

Dass meine Diagnose nicht ganz stimmte, wurde auch dem Letzten klar, als Töffti plötzlich seinen Samsonite-Koffer öffnete und sich dort hinein erbrach. Anschließend klappte er den Koffer wieder zu und verstellte gewohnheitsgemäß das Zahlenschloss.

Zehn Minuten später fuhr der Rettungswagen vor. Die Sanitäter tippten auf Gehirnerschütterung. Töffti wurde mitgenommen, den Griff seines Samsonite-Koffers hielt er beim Abtransport fest umklammert.

Dies war das erste Mal, dass der Rettungswagen in unserem Jahrgang zum Einsatz kam. Das zweite Mal folgte ein paar Jahre später. Da nahm er mich mit.

In der elften Klasse hatten wir Sport immer in der siebten und achten Stunde. Es war Hochsommer. Am Himmel kein Wölkchen hing, kein Lüftchen ging, eine sengende Sonne klebte in der flirrenden Luft über der »Kampfbahn am Gymnasium«. Nicht umsonst nennt man den Teutoburger Wald auch die Serengeti Westfalens. Bei diesen Bedingungen zum Abschluss einer Doppelstunde Leichtathletik einen Zweitausendmeterlauf anzusetzen, war sicher keine besonders gute Idee von Herrn Flachmann. Eine noch viel schlechtere Idee von mir war es, an diesem Tag alles geben zu wollen.

Schuld daran war Philipp Meyersiek. Zuvor beim Weitwurf hatte er mich angesprochen. Na ja, nicht direkt, eigentlich hatte er auf dem Gras in die Runde der auf ihren nächsten Wurf Wartenden gefragt: »Was kriegt ihr denn so in Sport?« Und ich hatte als einer der wenigen hingehört. Das tat ich grundsätzlich, wenn Philipp etwas sagte, außerdem saß ich ganz zufällig in seiner Nähe. Also hatte ich als

Einziger geantwortet: »Wahrscheinlich ’ne Drei minus, wie immer.«

Im nächsten Moment brach mir Philipp das Herz. Er sagte: »Aber so schlecht biste doch gar nicht.«

Augenblicklich hatte ich einen Kloß im Hals. Wie hatte er das wohl gemeint? »Na ja«, brachte ich raus. »Doch.«

»Quatsch«, insistierte Philipp, wurde dann aber zu seinem nächsten Wurf gerufen. Er stand auf. Er trug wieder seine neue Turnhose. Eine Adidas-Glanzshorts in Hellblau mit dunkelblauen Streifen. Sofort hatte ich mir auch so eine gekauft. Damit es nicht ganz so auffiel, hatte ich eine dunkelblaue mit hellblauen Streifen genommen. Aber ich konnte mir nicht helfen, an ihm sah die Hose besser aus.

Als Herr Flachmann den Zweitausendmeterlauf ankündigte, fasste ich einen Entschluss: Heute würde ich gut sein! Der Ausdauerlauf bot die Chance dazu, denn Laufen beherrschte ich halbwegs passabel. Dafür musste man nicht viel können. Laufen halt und nicht allzu viel Gewicht mit sich rumschleppen. Das ist ja das Geheimnis vieler afrikanischer Olympioniken. Und wenn man so will: Als Bauernkind kam ich ja auch quasi aus dem Äthiopien unserer Kleinstadt.

Wo man hingegen Technik brauchte, versagte ich im Sport. Ich weiß bis heute nicht, wie man einen Ball mehr als fünfzehn Meter weit wirft. Im Weitwurf war allein Töffti schlechter als ich, der an diesem Tag einmal so ungeschickt mit dem 200-Gramm-Ball hantiert hatte, dass der im Moment des Abwurfs über seine Fingerkuppen hinweggekullert und senkrecht in die Asche geplumpst war. Herr Flachmann wollte den Wurf gar nicht erst werten, aber der Rest der Klasse bestand darauf, dass er Töfftis Weite, 42 Zentimeter, ordnungsgemäß eintrug. Wohlgemerkt: minus 42 Zentimeter.

Vor dem Start schaute Herr Flachmann in zwanzig krebsrote Jungsgesichter, aus denen der Schweiß tropfte, und gemahnte uns: »Seid ihr auch alle gut aufgewärmt?« Dann gab er das Startsignal. Ich trabte los. Ich wusste: Ich könnte es schaffen. Ich wollte das Rennen meines Lebens laufen. Für Philipp. Denn der hatte gesagt, er finde mich besser als Drei minus. Das bedeutete doch: Philipp fand mich *gut*!

Zweitausend Meter, fünf Runden. So ein Rennen kann man nur über den Kopf durchstehen. Ich hatte mir eine gute Taktik zurechtgelegt. Ich würde einfach, so lange es ging, nah hinter Philipp bleiben. Leistung braucht motivierende Momente. Nach der zweiten Runde zog er davon. Bei mir kamen die Schmerzen, ich gelangte in den berühmten Tunnel, von dem die Sportreporter immer sprechen. Am Ende des Tunnels fixierte ich immer noch Philipps Adidas-Shorts, auch wenn die schon eine halbe Runde weit weg waren. Sabbernd und mit hängender Zunge – so schaffte ich's ins Ziel.

12:56 Minuten! Persönliche Bestleistung! »Das ist 'ne Zwei minus!«, rief Herr Flachmann mir zu. Überglücklich torkelte ich Richtung Umkleiden, auf dem Weg dorthin wurde mir schwindelig, ich hielt mich an einem Metallmülleimer fest und erbrach mich auf dessen Abdeckung. André Gröning kam vorbei und kommentierte: »Geilo, Surmann, das is' ja wie in Englisch: Die Kotze aufm heißen Blechdach!«

In der Sammelumkleide legte ich mich sofort auf eine Bank, während die anderen duschten und sich umzogen. Dann verstarb ich. Zumindest kam es mir so vor. Der Schweiß auf meiner Stirn fühlte sich plötzlich an wie schockgefrostet und schüttelte mich dann ordentlich durch. Tagesbestleistung im Mittelgewichtszittern bis 75 Kilo. Philipp kam mit umgebundenem Handtuch aus der Dusche und betrachtete mich. Ich war zu sehr mit Panik beschäftigt, um das zu genießen. Allerdings war ich auch unübersehbar, denn nun verkrampften sich meine Muskeln und machten von selbst ganz komische Bewegungen. Es war, als kämpften all meine Gliedmaßen Taekwondo gegeneinander. Ich wusste nicht, was mir geschah, aber Philipp, mein Held, behielt die Ruhe: »Ey Töffti, such mal Herrn Flachmann, Volker is' nicht gut.« Was? Jetzt war ich plötzlich nicht mehr gut? Doch während ich weiterzuckte, hielt Philipp meine Waden, meinen Oberkörper hielt Herr Flachmann. Ich wünschte, es wäre umgekehrt gewesen, zumindest so lange, bis ich mich zur Seite drehte und Herrn Flachmann auf seine Knie reiherte.

Zehn Minuten später fuhr der Rettungswagen vor. Die Sanitäter tippten auf Überanstrengung und legten mich auf die Trage. Dann trugen sie mich zwei Meter, stellten fest, dass der Durchgang nach draußen zwei Neunzig-Grad-Winkel enthielt, und sagten zu mir: »Kannste das laufen?« Meine Muskeln gehorchten mir langsam wieder, ich nickte, eierte, gestützt von den zwei Sanis, nach draußen, wollte dann weiter zum Krankenwagen humpeln, aber die beiden bestanden darauf, dass ich mich wieder hinlegte. Dann trugen sie mich die nächsten zwei Meter bis zum Wagen. Das Letzte, was ich sah, bevor sich die Türen schlossen, waren das besorgte Gesicht vom vollgekotzten Herrn Flachmann, Philipp, immer noch mit bloßem Oberkörper, und Töffti, der wissend grinste: Er war nicht mehr allein.

Morgen kommt das Mülolo
Eine Wegwerfgeschichte

Als kleines Kind habe ich zu Hubschrauber »Hub-Baba« gesagt. Trecker war »Duk-Duk«, weil er immer »Duk-Duk« machte, wenn er fuhr. Zum Müllauto sagte ich »Mülolo«, und »Kaake!« war nicht etwa das, was man sich drunter vorstellen würde, sondern »Katze«, und das, was man sich drunter vorstellen würde, war »Ba!«, weil meine Mutter das immer sagte, wenn sie meine Windeln wechselte.

Das erzählt mir ein kleines Vokabelheft, das meine Mutter während meines Spracherwerbs geführt hat. Ich habe es gerade wiedergefunden, denn ich räume mein Jugendzimmer auf.

Kritiker werden einwerfen, richtig, man solle nicht zu ungeduldig sein, wenn Jungs ihr Zimmer nicht aufräumen, aber 23 Jahre nach dem Ausziehen sei dann doch zu spät.

Aber es ist gar nicht mein »richtiges« Jugendzimmer, sondern der Raum, den ich bei meinen Besuchen auf dem elterlichen Bauernhof im Teutoburger Wald nutze. Hier und in den Schränken einiger anderer Räume hat sich all das angesammelt, was nicht mit nach Berlin gezogen ist. Und schon bei meinen fünf Umzügen zuvor war jedes Mal wieder ein Karton, eine Tasche, ein Möbelstück mehr auf den elterlichen Hof gewandert.

Nun stehen Umbauten an, und ich bin zum Ausmisten auf dem Bauernhof, haha! Dabei wird hier schon lang nicht mehr ausgemistet. Seit zwei Jahrzehnten gibt es keine Tiere mehr, sie hinterließen Lücken, die mit den Jahren gefüllt wurden. Es ist nämlich so eine Sache mit dem Platz:

Platz ist eins der physikalischen Phänomene des Universums. Das Universum selbst mag sich ständig ausdehnen, doch mit dem Platz verhält es sich genau umgekehrt. Je mehr man davon hat, umso weniger ist irgendwann davon übrig. Denn, physikalisch gesprochen: Die Wegwerfkraft Kw zur Menge Zeug Z steht in enger Korrelation zur Menge des verfügbaren Platzes P. Das ist ein Gesetz der höheren *Psysik*, wie die psychologische Physik heutzutage genannt wird: Je größer P, desto kleiner Kw, desto größer Z. Übersetzt: Je mehr Platz man hat, umso geringer die Antriebskraft zum Wegwurf, desto größer die Menge Zeug. – Das Wegwerf-Platz-Axiom, auch bezeichnet als »1. Satz des Messie«.

Und ich sag mal so: Ein westfälisches Bauernhaus bietet verdammt viel Platz. Zu seinen vollsten Zeiten lebten hier acht ständige Bewohner, nun nur noch meine Eltern, aber kein einziges Zimmer steht leer. Wenn wir auch schon oft nach Gemeinsamkeiten in unserer Familie suchten, so kann diese als gesichert gelten: Wir sind alle nicht gut im Wegwerfen. So fand unsere Erstentsorgung stets im Überangebot an Platz statt. Als die Wohnung meiner Großeltern aufgelöst werden musste, wurde das meiste dort einfach verpackt, zu uns rübergetragen und in Zimmern wie Schränken eingelagert. Die Möbel wanderten zum Teil auf Dachböden, und ein westfälisches Bauernhaus hat verdammt viele Dachböden (Dachboden über dem Wohnhaus, Dachboden über der Deele, Dachboden über der Scheune, Dachboden über dem Schuppen, Dachboden über dem Durchbau, ehemaliger Heuboden, ehemaliger Getreideboden, Dachboden über der Garage, Dachboden über dem anderen Schuppen, Dachboden über dem Kälberstall). Und fast ebenso viele Keller. Und da der Hof ja nicht mehr intensiv bewirtschaftet wird, stehen natürlich auch alle besagten Ställe, Scheunen, Schuppen und sonstigen Nebengebäude größtenteils leer. Na ja, zumindest *standen* sie mal leer. Ja, ich wage sogar die These: Im Grunde müsste jedes einzelne westfälische Bauernhaus im Amtskataster als generationenübergreifende Sperrmülldeponie geführt werden.

Drei Menschheitsgenerationen Zeug versammelte unser Hof – natürlich immer unter der Maßgabe: Sortiert wird dann später mal.

Heute ist »später mal«. Während mein Bruder und ich unsere Jugendschränke ausmisten, steht meine Mutter im Erdgeschoss – und tut dasselbe. Denn auch ihre Jugendschränke sind bei ihrem Einzug vor 45 Jahren einfach mit eingezogen. Und dann noch all das Zeug meiner Großeltern, sowohl väter- als auch mütterlicherseits! Es gibt auf jedem Bauernhof schöne alte Bauernschränke, die sich gut machen, die aber nie jemand öffnet, weil man weiß: Da hat Omma Bettwäsche gehortet! Und was macht man mit Zufallsfunden unter zwanzig hundertfach geflickten Linnen? Kann man so etwas bei Ebay reinstellen? *»Eine Garnitur Leinenbettwäsche von Nordmeyer & Kortmann, weiß mit dezenten Floralstickereien, 150 x 200 Zentimeter von ca. 1930. Originalverpackt.«*

Herrje, mein eigenes Zeug hat sich über drei Zimmer verteilt! Dabei wird mein *eigentliches* Jugendzimmer, das mit dem Greenpeace-Aufkleber und der Weissagung der Cree an der Tür, seit meinem Auszug nur als Abstellraum genutzt. Das ist ja das Bizarre, dass es unter all den inoffiziellen Abstellräumen auch noch offizielle gibt!

Wegschmeißen ist furchtbar. Ich bin da echt nicht gut

drin. Und es entbehrt nicht einer besonderen Ironie, dass ich – während ich dies schreibe – nur einmal den Blick leicht anheben muss und auf den Messiebalkon im Haus gegenüber blicke. Ich schaue regelmäßig hin, um zu überprüfen, ob er noch da ist – nicht der Messie, sondern der Balkon. Irgendwann reißt er nämlich ab, da bin ich mir sicher. Wenn ich meine Straße hochlaufe, wechsle ich vorm Messiebalkon immer die Seite.

»Ich kann das! Ich hab das schon mal hingekriegt, dieses Wegwerfen!«, sporne ich mich an.

Als ich nach Berlin zog, hatte ich all meine VHS-Videos in einen Umzugskarton und mit auf den Anhänger gepackt. Der war so überladen, dass auf der A2 ein Reifen platzte, doch der Karton kam wohlbehalten in Berlin an und zog zum Unmut meiner Umzugshelfer mit in den vierten Stock: »Was willst'en damit?«, schrien sie mich an. »Ansehen!«, blökte ich zurück. Vier Jahre habe ich bloß den Karton angesehen. Dann trugen wir ihn vier Etagen runter und in meiner zweiten Berliner Wohnung wieder drei Stockwerke rauf. Zum Glück hatte ich andere Umzugshelfer. Außerdem hatte ich wohlweislich »Bettwäsche« auf den Karton geschrieben. Ich schloss den ollen VHS-Rekorder wieder an; das Einzige, was ich mir auf ihm je ansah, war die digitale Uhrzeitanzeige. Als ich mich in meinem Arbeitszimmer kaum noch bewegen konnte, packte mich irgendwann die Wut, ich schleifte den Karton die Treppe runter in den Hof und kippte ihn, ohne noch mal reinzuschauen, über der schwarzen Tonne aus. Obwohl die Tonne anschließend voll war, fühlte ich mich nicht leer, sondern glücklich. So geht Wegwerfen!

So hatte ich mir das in meinem Elternhaus vorgestellt: Elanvoll kippe ich zwei Schubladen voll Musikkassetten in den Müll: allesamt kopierte Alben mit selbst gebastelten Covern. Die Sorte Raubkopien, gegen die selbst die GEMA wenig hatte, weil sie mit jeder Kopie schlechter wurden. Und mit jedem Abspielen. Irgendwann leierten sie, das war die Vorstufe zum Bandsalat. Ach, was wandern da für schöne Wörter in die bunte Sprachmülltonne!

Ich sortiere, ich werfe weg. Ich bilde Haufen. Ich bin stolz auf mich.

Die Kunst des Wegwurfs besteht darin, das Zeug gar nicht so genau anzugucken. Wehe dem, der dem geschwätzigen Monster Erinnerung auch nur einen kleinen Finger reicht!

Natürlich tut man's doch.

Eine Bananenkiste mit meinen Studienunterlagen. Für jede Vorlesung, jedes Seminar eine Mappe mit Hand-outs und Mitschriften. Sehr hübsch, sehr bunt. Ich kann mich gar nicht erinnern, reingegriffen zu haben, doch plötzlich habe ich eine in der Hand. Karl Heinz Bohrer: Vorlesung zur »Lyrik der Klassischen Moderne«. Stimmt, ich hab ja beim gar nicht so unberühmten Publizisten Karl Heinz Bohrer studiert, der nicht nur Vorgänger von Marcel Reich-Ranicki als FAZ-Literaturchef war, sondern in seiner Zeit als Londonkorrespondent Günter Netzers Vorstöße in der Wembley-Elf »aus der Tiefe des Raums« ins ewige Vokabular der Fußballgeschichte geschrieben hat! Wow, bei *dem* hab ich studiert! Könnt man eigentlich mal wieder reinschauen, finden sich sicherlich ein paar schöne Bonmots drin. Und vielleicht fällt mir dann auch wieder ein, was die »Klassische Moderne« ist.

Spohn: »Einführung in die Erkenntnistheorie«. Die Mappe ist über und über zugekritzelt. War wohl nicht so spannend, das Seminar, aber die Mappe ist nahezu Kunst!

Mein gesammeltes Studienwissen! Das kann man doch

nicht einfach so wegwerfen! Das ist doch ... wertvoll! So wertvoll immerhin, dass ich es 14 Jahre lang sorgsam in einer ostwestfälischen Abstellkammer verwahrte. Ich finde mich selbst nicht überzeugend, lasse den Karton aber einstweilen stehen.

Daneben steht der Ordner mit allen Oberstufenunterlagen der Fächer Deutsch und Philosophie; aufgehoben, weil ich diese Fächer damals auf Lehramt studierte, könnte man ja bei der eigenen Unterrichtsvorbereitung mal drauf zurückgreifen ... Übrigens das Geheimnis, wieso so viele Arbeitsblätter in Schulen so schlecht kopiert sind: Es liegt nicht an den Kopierern, es liegt am Alter der Vorlagen.

Ich beschließe, dass der Lehramtszug bei mir definitiv zu lange abgefahren ist, und werfe weg.

Nächster Schrank: Oha, stimmt, ich war mal Rollenspieler. Zwei Kartons. Adventures, von mir selbst verfasst und an den Hersteller zur Publikation geschickt. Absagebriefe vom Hersteller. Ich habe fast immer Elfen gespielt. Bisschen zaubern, gut aussehen beim Bogenschießen, halb nackt durch Wälder rennen. Wenn ich es mir recht überlege, fand ich meine Spielfiguren immer sehr sexy. Habe ich damit womöglich irgendwas kompensiert in meiner Pubertät? Außerdem spielte Philipp Meyersiek auch immer Elfen, und wir gaben ein gutes Paar ab, also Team, Kampfgefährten. Später wechselte er auf Weißmagier, ich natürlich auch, aber mein Weißmagier kam nie über ein paar Kartenspielertricks raus und wollte lieber halb nackt mit Pfeil und Bogen durch den Wald rennen. – Oh Gott, bloß weg damit!

Daneben: Dias. Kistenweise. Verdammt, ich hab schon immer auf die zukunftsträchtigsten Speichermedien gesetzt! Weg damit!

Irgendwann bin ich fertig. Nur noch ein kurzer Blick in den Eckschrank, da hat meine Mutter doch nur Zeug von Oma und Opa eingelagert ... – Neeeiiiin, es ist *mein* Zeug!

Plötzlich habe ich zwei große, grüne Sammelmappen in der Hand: mein Gesamtwerk als bildender Künstler der Schulklassen 1 bis 4. Mir fällt ein Jutelappen mit einer draufgestickten Figur und angenähten Knöpfen als Augen entgegen. Was man halt so macht im Kunstunterricht der Grundschule. Dahinter irgendwelche Kinderbilder. Ich seufze. »So was ... so was kann man doch nicht *wegwerfen*!«

Mein Bruder schaut um die Ecke: »Hast du es die letzten 35 Jahre vermisst?« – Nee.

»Wirst du es die nächsten 35 Jahre vermissen?« – Nun ja ... Man hat ja nicht nur verklärte Blicke auf die eigene Jugend, mit dem Lebensabend verhält es sich nicht anders: Würde ich dereinst mit meinem Mann einen unserer gemeinsamen Lebensabendabende am Kamin unserer seniorengerechten Einliegerwohnung im Bauernhaus meiner Vorfahren verbringen, diese Sammelmappe aufschlagen und mit Tränen der Rührung in den Augenwinkeln sagen: »Sieh mal, geliebter Gatte, wie stilvoll und galant ich schon im Alter von sieben Jahren Knöpfe an einen Jutelappen nähen konnte! Und schau nur, wie perfekt ich den Kreuzstich beherrschte. Siehst du: Ich war schon damals ein ganz besonderer Junge!«? Würde ich das?

Plötzlich ist der Punkt da, auf den ich den ganzen Tag gewartet habe: Ich werde wütend. Wütend auf all den Krempel, wütend auf mich, wütend, dass ich den Krempel angehäuft habe, wütend auf all die verschütteten Erinnerungen, wütend auf die Zeit und die Vergänglichkeit. Wütend, wütend, wütend. Und das ist, verdammte Scheiße, auch gut so!

Wegschmeißen macht man nämlich nicht einfach so. Das Geheimnis des Wegschmeißens ist, sich irgendwann in Rage verzweifelt zu haben: Wegschmeißen ist Kampf!

Stell dir den Highlander vor, und mach das Zeug zum schwarzen Ritter. Imaginiere Kampfszenen. Denk an die Schlacht von Helms Klamm. Sei Gimli, und stürz dich in den Kampf! Finde deine innere Streitaxt, nur so wirst du Herr über das Zeug, vernichte es wie eine Rotte Orks! Nutze die Wut! Ein Karton mit Scheiß kloppt sich viel besser in eine Tonne, wenn man dabei wütet und schreit: »Waaaaaaaaaaaarghhhh!«

Tränen der Wut in den Augen greife ich die Sammelmappen mit den Schulbildern, knicke sie mittig und stopfe sie zu den Rollenspielkartons, raffe alles, renne ins Abstellzimmer, wuchte den Karton mit den Studienunterlagen auf meinen Arm. Ich wanke unter der Last, stürme schreiend die Treppe runter, laufe vor den Mülltonnen fast meine Mutter über den Haufen, die unter lautem Kampfgebrüll gerade einen Arm voll Bettwäsche in der schwarzen Tonne versenkt – WUMMS!, macht es in der Altpapiertonne –, dann fallen die Deckel zu und wir uns in die Arme.

Dann ist der Rausch vorbei.

Ich habe meine Schlacht geschlagen, ich habe Platz geschaffen und meine Vergangenheit entsorgt. Was jetzt nicht Erinnerung ist, wird es auch nicht mehr. Ich glaube, ich bin jetzt erwachsen. Morgen kommt das Mülolo.

Aber verdammt, wo ist bloß dieses Vokabelheft mit meinen ersten Kinderwörtern hin? Das wollte ich doch aufheben ...

3

BERUFLICHE BEANSPRUCHUNG

Ich bin der, vor dem ich mich immer gefürchtet habe ...

I. Ich weiß noch ganz genau, wie ich meine erste Ablehnung eines Lektors bekommen habe.

»Sehr geehrter Herr Surmann, vielen Dank für Ihre Manuskripteinsendung. Wir sehen keine Möglichkeit, den Text in unserem Programm zu veröffentlichen. Mit unserer Entscheidung ist kein Werturteil verbunden. Mit freundlichen Grüßen, Ihr Rowohlt-Verlag.«

Und ich weiß noch ganz genau, wie ich meine ersten weiteren vierzehn Ablehnungen bekommen habe.

»Sehr geehrter Autor, bitte entschuldigen Sie den Formbrief, aber die Flut an täglich bei uns eingehenden Manuskripten ist kaum zu bewältigen ... müssen Ihnen leider mitteilen, ... Damit verbindet sich kein Werturteil. Mit freundlichen Grüßen, Haffmanns.«

»Sehr geehrter Herr Surmann, wir wissen, dass dies ein Formbrief ist, aber aufgrund der täglich über uns hereinbrechenden Manuskriptflut ... Mit freundlichen Grüßen, Wagenbach.«

»Liebe Autorin, ein Formbrief. Ja, leider. Aber wir werden täglich bis über beide Ohren mit Manuskripten zugeschissen ...« – ich gucke noch mal genauer hin: Nee, steht da gar nicht – *»... eingedeckt und verwenden viel Zeit darauf, die Projekte sorgfältig zu prüfen. Wir tun das sofort am Tag des Eingangs. ... Dies ist kein Werturteil. Mit freundlichen Grüßen, Eichborn.«*

Und gleichlautend von Suhrkamp, Fischer, Kindler, Luchterhand, Insel, Aufbau usw.

Zugegeben, ich hab bei der Auswahl meiner Verlage damals wohl etwas hoch angesetzt. Aber ich war Anfang zwanzig. In dem Alter glaubt man noch an sich. Da übt man beim Versenden eines Manuskripts schon mal die Dankesrede zum Nobelpreis.

Nun bin ich der Lektor. In den ersten Monaten meiner Amtszeit habe ich vielen Autoren ihre erste Ablehnung geschickt. Oder ihre vierzehnte. Ich bin der, vor dem ich mich immer gefürchtet habe: der Arsch, der entscheidet, ob ein Buch erscheinen darf oder nicht.

Als ich damit anfing, war mein Verlag noch nicht der weltweit operierende DAX-Konzern, der er heute ist, sondern ein Kleinverlag. Und wenn ich sage »Kleinverlag«, dann übertreibe ich maßlos. Er war unter den Kleinverlagen ein Kleinverlag, ein Bonsai-Bonsai, die Matchbox-Version eines Smarts fortwo, ein Nanoverlag, der i-Punkt in der großen Buchstabensuppe des Literaturmarktes. Ein Verlag, der so klein und mittellos war, dass er sich gleich nach Zwergen aus Griechenland benannt hat und sich nur mich als Teilzeitlektor leisten konnte. Aber selbst dort flatterten mir wöchentlich drei bis fünf unverlangt eingesandte Manuskripte ins Büro: Briefe von hoffnungsfrohen Jungautoren, Briefe von hoffnungsfrohen Altautoren, *Gedichte von freundlichen älteren Herren im Daktylus, sehr heitere Verse, die Gattin befand sie schon als Genuss, gedruckt sogar schon im Bad Nauheimer Blatt auf der Rätselseite*, Manuskripte von Menschen, die etwas zu sagen haben oder glauben, etwas zu sagen zu haben, oder die nichts zu sagen haben und es trotzdem sagen, Einsendungen von sagenhaften Nachwuchsautoren oder nachwachsenden Sagenautoren und das Manuskript von diesem seltsamen Freak aus Argentinien, der schon jedem, aber auch wirklich jedem deutschen Verlag seine obszöne Nachdichtung des Nibelungenlieds angeboten hat:

»Auch das ist Teil der Saga,
der Hagen war ein Hinterlader.
War nicht nur verwandt mit Gunther,
sondern war auch 'ne Tunt' er ...«

Nun endlich wusste ich, was die Verlage damals mit »Manuskriptflut« gemeint hatten. Wie erst mochte es größeren Verlagen ergehen? Mein Verlag veröffentlicht maximal acht Bücher pro Jahr, ich bin einziger Mitarbeiter. Als erste Amtshandlung nahm ich den Hinweis auf die Homepage, die Prüfung von Manuskripteinsendungen könne ein paar Monate dauern. Ein paar Monate später ersetzte ich den Hinweis durch die explizite Aufforderung, bitte gar keine Manuskripte unverlangt einzusenden.

Ich schrieb Absagen: eine – zugegeben – lästige Pflicht, der sich immer mehr Verlage durch Ignoranz entziehen, keine Antwort ist schließlich auch 'ne Antwort, und – ja!

– auch ich verstecke mich meistens hinter Standardformulierungen, die ich mir einmal ausgedacht habe und immer wieder anwende: freundliche Anrede, persönlich, Dank für Einsendung, Manuskript intensiv geprüft, aber leider nur acht Bücher pro Jahr, Auswahl treffen müssen, Bitte um Verständnis, nicht ins Verlagsprogramm, mache das nicht gerne, trotzdem aber dennoch leider, viel Erfolg woanders. Freundliche Grüße, Lektor.

Solche Absagen sind bequem und machen es dem Lektor einfach. Doch ich glaube, sie machen es auch den Autorinnen und Autoren draußen an den Briefkästen einfacher, zumindest einfacher, als wenn man immer die Wahrheit schriebe. Hier das Beispiel für eine ehrliche Absage (Name geändert):

»Sehr geehrter Herr Grass, ich habe in der U-Bahn zehn Minuten lang in Ihrem Manuskript rumgeblättert, habe die erste Seite bis zum vierten Absatz gelesen und festgestellt: Sie können nicht schreiben. Lassen Sie es lieber.
Mit freundlichem Gruß, Surmann (Lektor).«

Nein, das wäre nicht nett. Dann doch lieber eine verständnisvolle Standardabsage.

Man mag einwenden, zehn Minuten in der U-Bahn, so schnell könne man sich doch gar kein Urteil bilden.

Doch.

Oft geht das. Denn Literatur baut zu einem gewissen Anteil auf Sprache. Im Lektorat kann man manches noch bearbeiten, es gibt selbstredend verschiedene Sprachstile, aber es gibt auch so etwas wie ein Sprachgefühl. Das ist wie mit dem Sinn für Wohnungseinrichtungen. Man betritt eine Wohnung und weiß sofort: »Ah, da hat ein Mensch ein Gefühl dafür.« Oder man weiß sofort: »Ah, da handelt ein Mensch nach dem Motto: Was mir gefällt, stell ich einfach irgendwohin.« Das ist ja auch nicht schlimm, denn zum Glück werden diese Menschen in der Regel nicht Innenarchitekten oder Raumausstatter. Ebenso gibt es Menschen, die besitzen überhaupt kein Gefühl für Sprache. Die meisten begnügen sich dann damit, Dienstanweisungen an schwarzen Brettern zu formulieren, falsche Apostrophe zu s'etzen oder schlimmstenfalls Durchsagen für die Deutsche Bahn zu verfassen.

Bei manchen Menschen geht das fehlende Gefühl für Sprache allerdings so weit, dass sie glauben, sie hätten eins. Das ist wie mit der Ahnung. Wie viele Menschen haben keine Ahnung, glauben aber trotzdem, voll die Checker zu sein! In etwa zehn Prozent der Manuskripte, die ich auf den Schreibtisch bekomme, paaren sich diese beiden Punkte.

Und dann, ja dann kann man wirklich nach zwei Absätzen sagen, dass die Dialoge hölzern knarzen wie die morschen Bühnenbretter in einem Siegerländer Bauerntheater:*

»Liebling«, sagte Ruth plötzlich, »wo ist eigentlich unsere Tochter?«

»Ach, du meine Güte«, sagte Hendrik, »sie ist weg. Dann ist sie wohl entführt worden. Wahrscheinlich von der Frau am Eingang zum Weihnachtsmarkt, der wir sie in die Obhut gegeben haben, weil: Sie hat sich doch als Kinderbetreuerin ausgegeben gehabt.«

»Oh, mein Gott«, sagte Ruth nun unter Tränen. »Ent-

---

* Sämtliche Beispiele in dieser Geschichte durch Ersatztext nachgestellt.

führt? Ich werde meine Tochter nie wiedersehen. Wie konnten wir nur so dumm sein? Ich mache mir solche Vorwürfe.«

»Das musst du nicht, Schatz«, sagte Hendrik. »Das hätte doch jedem passieren können.«

Nach ein paar weiteren Zeilen weiß ich, dass der Verfasser dieses, nun ja, »Psychothrillers« zur Recherche über Polizeiarbeit nicht einmal ZDF-Vorabendserien zurate gezogen hat:

Sie gingen zur Polizei. Sie sagten sofort, dass ihre Tochter entführt worden ist, aber erst nach drei Stunden hat sich ihnen ein Beamter angenommen gehabt.

»So, Ihre Tochter ist also entführt worden«, sagte der Beamte. »Wie kommen Sie zu dem Verdacht?«

»Erst war sie noch da«, sagte Ruth unter Tränen.

»Dann war sie weg«, sagte Hendrik gefasst.

»Wir waren auf dem Christkindlmarkt«, sagte Ruth unter Tränen.

»Oh. Da kann ich Ihnen keine große Hoffnung machen«, sagte der Polizist. »Das Muster kennen wir. Das ist die gefürchtete Weihnachtsmarkt-Entführerin. Die Kinder tauchen in der Regel nie wieder auf.«

»Oh, mein Gott«, sagte Ruth unter Tränen.

»Wir können da nichts für Sie tun«, sagte der Polizist: »Am besten gehen Sie jetzt nach Hause und ruhen sich etwas aus«, sagte er weiter.

»Wir hatten ja auch einen anstrengenden Tag«, sagte Hendrik und nahm Ruth bei die Hand. Die erschrak: »Wo ist eigentlich unser zweites Kind?«

»Nein«, schreibe ich auf das Skript, »absagen«, und lege es auf den Stapel »Absagen«.

Alle paar Monate nehme ich mir den Stapel vor und copy-und-paste alle Absagen zusammen:

»Sehr geehrter Schriftsteller, vielen Dank für Ihr Manuskript ›Verschollen im Christkindlmarkt‹. Leider passt es nicht in unser Programm. Wir veröffentlichen grundsätzlich keine Psychothriller. Ich bitte um Ihr Verständnis und wünsche Ihnen viel Erfolg bei der weiteren Suche nach einem Verlag. Freundliche Grüße, Surmann (Lektor).«

Ist das feige, oder nur höflich? In welchen Fällen soll man ehrlich sein? Wo hilft man Autoren, wo düpiert man sie? – Ich weiß es nicht. Man könnte ein Buch darüber schreiben.

Sollten Sie Antworten auf diese Fragen haben, schreiben Sie sie mir. Aber bitte haben Sie Verständnis, wenn es mehrere Monate dauert, bis ich antworte.

II. Mindestens ein Viertel der unverlangt eingesandten Manuskripte stammen von leicht Verwirrten, Grenzdebilen oder völligen Psychopathen. Man kann diese Einsendungen schon am Briefumschlag erkennen: Wo die Anschrift knappe 90 Prozent des Briefes einnimmt oder sie in Ameisenschrift vom Umschlag zu krabbeln versucht oder sich Sütterlin-Buchstaben zwischen die lateinischen schieben, wo das Porto aus 13 verschiedenen Briefmarkenwerten zusammengeklebt wurde oder die Briefmarken noch kombinierte DM/Euro-Werte anzeigen oder der Deutschen Post so wenig vertraut wird, dass ein einfaches Romanexposé als Einschreiben mit Rückschein ins Haus kommt, da stimmt doch was nicht!

Das geht bei den Anschreiben los. Nach der vergleichenden Analyse von mehreren Hundert Anschreiben und dazugehörigen Projektangeboten möchte ich folgende These aufstellen: »Wer nicht in der Lage ist, ein ein- bis zweiseitiges Anschreiben klar zu gliedern und in wenigen Sätzen verständlich und fehlerfrei darzulegen, was man will, ist auch nicht in der Lage, ein Buch zu verfassen.«

Unlängst erhielt ich beispielsweise folgendes Schreiben: *»Sehr geehrte Damen und Herren, hiermit möchte ich bei Ihnen mein Manuskript zur Veröffentlichung als Leseprobe einreichen.«* Das geht ja schon gut los. Aber vielleicht wäre das ja ein total innovatives Konzept: Leseproben veröffentlichen: eine Sammlung von 40 Romananfängen unbekannter Autoren. Weiter: *»Der Tod ist immer die Urangst des Menschen gewesen, von der ersten Geburt bis zum letzten Tod.«* Moment ... Wie viele Geburten und Tode hat ein Mensch denn so? *»Deswegen wollte ich eigentlich eine Satire darüber schreiben. Sehr oft schreibt sich eine Geschichte aber von selbst, und aus Satire wurde eine eigenartige Geschichte mit kaum durchschaubaren Figuren.«* Eigenartige Geschichten mit kaum durchschaubaren Figuren, genau das ist es, was man so sucht als Verlag. Und der Autor hatte nicht mal zu viel versprochen.

In allen Ratgebern für angehende Schriftsteller wird empfohlen, dem Manuskript ein freundliches und neutrales Anschreiben beizupacken, das in groben Zügen über das mitgeschickte Manuskript und die Motivation des Autors informiert. Hier ein Musterbeispiel eines vorbildlichen Anschreibens:

»Sehr geehrte Damen und Herren,

anbei übersende ich Ihnen ein Exposé sowie 31 Seiten Leseprobe meines Buches ›Bekenntnisse eines Sextouristen‹. Der Stoff ist sicherlich ein Reizthema, liest sich flüssig, und man erfährt auf unterhaltsame Weise, wie ein überzeugter und begeisterter Sextourist ›tickt‹. Alle Ereignisse sind authentisch und selbst erlebt.

Mit freundlichen Grüßen, Ihr Autor.«

Der Lektor erfährt in diesem Anschreiben kurz und prägnant, worum es geht und was die Motivation des Autors ist, und kann das Manuskript direkt dem Altpapier übergeben. Perfekt!

Überhaupt ist erstaunlich, wie viele Männer ihre Midlife-Crisis nutzen, um Bücher zu schreiben, die als alleinigen Inhalt haben, wie sie sich selbst durch alle Betten dieser Welt vögeln. *»Schwanzgesteuert! Die nackte Wahrheit über Männer«* wird mir mit den Worten schmackhaft gemacht: *»Der Erzähler wird zum Sklaven seiner eigenen Triebe und erliegt den permanenten Reizen weiblicher Verführungskünste. Sein ›ständiger Begleiter‹ mausert sich zum Quälgeist und drängt ihn immer wieder zu neuen Höchstleistungen.«* Ih-ba!

Es gibt ja die Theorie, dass sehr alte Menschen charakterlich wieder Kleinkindzüge annehmen. Davor scheinen zumindest Männer noch einmal in die Pubertät zu kommen. Wo man mit 16 mehrfach täglich an Sex denkt und zwanghaft onaniert, scheinen manche Männer mit 60 mehrfach täglich über Sex zu schreiben. Onanie wäre vielleicht die bessere Alternative.

Da lob ich mir, wenn andere Autoren ihre Erfolge selbstbewusst herausstellen:

»Nun zu mir: Ich schreibe meistens abends, wenn mich meine Familie mal in Ruhe lässt. Ich stehe noch am Anfang meiner schriftstellerischen Karriere, und doch hab ich schon einen Hit gelandet. Im Rahmen eines Literaturwettbewerbes des namhaften Plunzendorf-Verlags wurde eine Kurzgeschichte von mir in einer Anthologie veröffentlicht. Ohne eine Honorarforderung gestellt zu haben, wurde mir gleich nach der Herausgabe ein druckfrisches Exemplar dieses bedeutenden Werkes kostenfrei auf dem Postweg zugesandt. Worauf warten Sie noch? Lassen Sie uns gemeinsam die Bestseller-Charts stürmen!«

Es gibt Einsendungen, da weiß ich nicht, ob ich mir verarscht vorkommen soll oder nicht.

Angeboten wird mir ein politisch-satirischer Schlüsselroman:

»Tauchen Sie ein in die verkommene Welt der Mächtigen, eine Welt voller Laster und Intrigen: Erleben Sie hautnah die Verdrängung hiesiger Männer und Belästigung von Frauen durch ins Land gelassenen Männerüberschuss, den sexuellen Dschihad gegen Europa, die Landnahme unter der Gürtellinie sowie durch Feminismus seit Jahrzehnten. Plötzlich erscheinen die Dinge in einem anderen Licht, als es uns die Presse glauben machen will ...«

Oha. Ich schaue auf den Absender: Dresden, na, war klar. Dann folgt ein Moment unfreiwilliger Selbsterkenntnis: *»Machen Sie diesen Schmutz öffentlich.«* Nö. Ich befördere diesen Schmutz lieber in den Abfalleimer.

Es gibt auch Verlagsanschreiben, die formal völlig korrekt sind, mich mit der Zeit aber trotzdem nerven: Die lesen sich etwa so:

»Sehr geehrte Damen und Herren,

seit 10/20/49 Jahren arbeite ich als Taxifahrer/Reno-Gehilfin/Sanitärfachverkäufer/Sonstiges. Dabei passieren mir die tollsten/lustigsten/komischsten/sonstigsten Sachen. Und immer wieder dachte ich mir/sagte man mir/sagte meine Frau mir: »Das musst du mal aufschreiben.« Gesagt getan. Anbei erhalten Sie mein Manuskript: »Taxi, Taxi«/»Büro, Büro«/»Da gibt's was auf den Klodeckel!«/»Sonstiges ist voll toll!«. Es enthält Geschichten und Anekdoten/Anekdoten und Geschichten/wahre Erlebnisse und Geschichten/Anekdoten und Begebenheiten aus der Welt eines/einer siehe oben. Ich bin sicher, dass das Buch auf großes/sehr großes/riesiges Interesse stoßen muss, denn schließlich saß jeder schon mal im Taxi/beim Anwalt/aufm Klo/sonstwo. Ich habe das Manuskript auch mal meiner Frau/meinen Eltern/meinen Freunden/meiner kroatischen Putzfrau zu lesen gegeben, und alle waren total begeistert/haben sehr gelacht/fanden es ganz nett/haben es vermutlich gelesen. Ich bin mir sicher, dieses Buch wird ein Bestseller/Bestseller/Bestseller/Bestseller.«

Verfassen Sie nie solch ein Anschreiben, wenn Sie ein Buch bei einem Verlag unterbringen wollen. Das ist ein ernst gemeinter Ratschlag. Und folgen Sie bitte den beiden folgenden Regeln:

1. Auch wenn es hervorragend zu Ihrem Buch passt, verwenden Sie nie die Anrede »Sehr geehrte Männchen und Weibchen«.

2. Seien Sie nicht komisch. Mag Ihr Manuskript auch das lustigste Ding seit Erfindung des Tortenwerfens sein: Versuchen Sie nicht, im Anschreiben komisch zu sein. No. No. Never. Denn das klingt dann im schlimmsten Fall so:

»Hi, ihr Verlegerlein,

ich bin's. Der Seppl ausm Allgäu. Ich hab auf Facebook von euch erfahren. Ihr macht in Satire, da schick ich euch doch mal ein paar Textauszüge. Mein bisher erstes und einziges Buch »Hirnschlagmichtot« erschien 2009 beim Plunzendorf-Verlag und hat sich, anders als Wahlprogramme, beschissen verkauft. Mein Verleger meinte, ich sollte mir einen anderen Verlag suchen. Nun versuch ich es bei euch.

Pfüats euch!

Der Seppl ausm Allgäu.«

Wer hat Angst vorm Herren Schmidt?

Ein Telefon klingelt.

V Satyr Verlag, Volker Surmann. Was kann i—

S Guten Tag, mein Name ist Schmidt! Ich hab da mal 'ne Frage. Manuskripte, prüfen Sie derzeit Manuskripte? Es gibt ja viele Verlage, die prüfen nur zu bestimmten Zeiten. Nehmen Sie Manuskripte an derzeit?

V Nun, also—

S Sprechen Sie bitte lauter, ich verstehe Sie nicht.

V Ich habe noch gar nichts gesagt. Also—

S Könnten Sie bitte meine Frage beantworten: Prüfen Sie derzeit Manuskripte?

V Also im Grunde kann ich Ihnen im Moment keine großen Hoff—

S Es gibt ja Verlage, die nicht zu jeder Zeit Manuskripte annehmen, deshalb rufe ich an, um rauszufinden, ob es Sinn hat, jetzt ein Manuskript zu schicken.

V Also, grundsätzli—

S Sie nehmen Manuskripte ja auch nur per Briefeinsendung an, steht da bei Ihnen im Internet.

V Ja das ist richtig, aber—

S Und wie ist das jetzt mit den Manuskripten? Sie haben immer noch nicht meine Frage beantwortet.

V Hören Sie, Sie müssen mich auch mal ausre—

S Ich will mein Manuskript ja nur dann losschicken, wenn Sie auch Manuskripte prüfen.

V Herr Schmidt, lassen Sie mich bitte mal ausreden. Im Moment hat es leider keinen Sinn—

S Aber da im Internet steht, Sie nehmen Manuskripte an.

V Richtig, aber ich komm derzeit nicht hinterher, ich hab hier einen riesigen Stap—

S Also nehmen Sie derzeit keine Manuskripte an?

V Nein.

S Können Sie bitte lauter reden, ich versteh Sie nicht.

V Nicht so wichtig. Um auf Ihre Frage zurückzu—

S Prüfen Sie denn jetzt eigentlich Manuskripte?

V Nein! Im Moment komme ich nicht hinterhe—

S Aber wieso denn nicht? Bei Ihnen im Internet steht, dass Sie Manuskripte annehmen, allerdings nur per Posteinsendung.

V Wie ich gerade sagen woll—

S Deshalb rufe ich jetzt an. Ich hab da ein Manuskript, und ein paar Kameraden von mir auch.

V Herr Schmidt, wenn Sie mich nicht ständig unterbrechen würden, könnte ich auch Ihre Fra—

S Also nehmen Sie derzeit keine Manuskripte an.

V Richtig. Im Moment hat es keinen Sinn, mir was zu schicken ... Hallo? ... Hallo, Herr Schmidt?

Aber Herr Schmidt hat schon aufgelegt.

Kurz darauf: Ein Telefon klingelt wieder.

V Satyr Verlag Volker Su—

S Ja, hier ist noch mal Schmidt. Ich hab da noch 'ne Frage. Wann nehmen Sie denn wieder Manuskripte an? Können Sie bitte lauter reden, ich verstehe Sie nicht.

V Ich habe noch gar nichts gesagt, Herr—

S Wann nehmen Sie denn wieder Manuskripte an?

V Nie.

S Könnten Sie bitte meine Frage beantworten?

V Ich sagte, bitte schicken Sie mir kein Ma—

S Meine Kameraden und ich, wir haben da ein paar Manuskripte zusammengestellt und möchten die mal einreichen.

V Nein, ich nehme derzeit nichts an.

S Könnten Sie bitte meine Frage beantworten!

V Ich habe Ihre Frage schon beantwortet: ICH NEHME KEINE MANUSKRIPTE AN. BITTE SCHICKEN SIE MIR NICHTS!!!

S Aber steht das auch so bei Ihnen im Internet?

V Hören Sie, Herr Schmidt, ich bin mir sicher, dass wir vor ein paar Monaten schon mal miteinander telefoniert haben.

S Das kann gar nicht sein. Ich habe eine Liste, in der ich mir genau aufschreibe, welche Verlage ich schon angerufen habe.

V Tut mir leid, ich erinnere mich an das Gespräch mit Ihnen sehr wo—

S Das ist unmöglich! Es gibt in Deutschland 235.000 Menschen mit dem Namen Schmidt. Schmidt ist ein Allerweltsname!

V Ich bin mir aber sicher, dass Sie mich angeruf—

S Das kann überhaupt nicht sein!

V Glauben Sie mir, Herr Schmidt, ein Telefonat mit Ihnen vergisst man nicht so schne—

S Können Sie bitte lauter reden, ich versteh Sie nicht!

V Herr Schmidt, ich werde dieses Gespräch jetzt beend—

S Das ist doch unverschämt! Wie kommen Sie dazu, mir zu unterstellen, ich wüsste nicht, wo ich schon überall angerufen hätte? Was nehmen Sie sich eigentlich heraus? Wir haben noch nie miteinander telefo—

V HERR SCHMIDT, ICH LEGE JETZT AUF!

S Sie lassen mich ja nicht mal ausreden!

Herr Surmann legt auf.

Zwei Tage später hat Herr Surmann einen Briefumschlag im Postkorb. In der Anschrift mischen sich Sütterlin-Buchstaben unter die lateinischen. Absender ist ein Herr »Schmidt«, das Anschreiben beginnt mit den Worten: *»Sehr geehrte Frau Surmann, bezugnehmend auf unser freundliches Telefonat vom gestrigen Tage, erlaube ich mir, Ihnen wunschgemäß mein Manuskript einzureichen. Hochachtungsvoll: Schmidt«.*

Herr Surmann wird das Manuskript ablehnen, wie er es schon zweimal in den letzten drei Monaten gemacht hat.

Procrastination Diaries

Es gibt so Tage, da setzt man sich an den Computer und braucht gar nicht erst die Textverarbeitung aufzurufen, um zu wissen: »Das wird heut nix.« Das Hirn summt zwar vor sich hin wie ein braver Prozessor. Aber beim morgendlichen Hochfahren wurden die Kreativzentren vergessen zu booten, und den Rest des Tages sucht man vergeblich nach dem Resetknopf.

10:23 Uhr: Volker Surmann beantwortet E-Mails, um das Gefühl zu bekommen, den Tag mit einer sinnvollen Tätigkeit begonnen zu haben. Weil nicht genügend neue Mails da sind, beantwortet er auch die E-Mails, die in den letzten Wochen liegen geblieben sind als »muss man nicht unbedingt beantworten«. Er bekommt daraufhin Antworten der Art: *»Sehr geehrter Herr Surmann, das ist sehr freundlich, dass Sie für diesen Termin absagen. Sie sind der Erste, der das tut. Die besagte Sitzung war im Übrigen schon vor vier Tagen, genau genommen hat Sie auch niemand vermisst.«*

11:14 Uhr: Volker Surmann liest ein Buch: das Facebuch. Ausgerechnet heute hat es wenig Interessantes zu bieten. Volker Surmann liest und likt deshalb auch das Uninteressante: neue Katzenfotos des Kollegen Heiko Werning zum Beispiel.

11:25 Uhr: Volker Surmann geht in die Küche und isst einen Joghurt. Essen ist eine sinnvolle Beschäftigung, denkt er. Allerdings hat er erst vor 'ner guten Stunde gefrühstückt und eigentlich gar keinen Hunger. Egal, Hauptsache beschäftigt.

11:31 Uhr: Auf dem Rückweg aus der Küche fällt Volker Surmann auf, dass er die Winterjacke an der Garderobe mal in den Schrank hängen könnte. Dabei fällt ihm ein, dass dies ein guter Zeitpunkt wäre, sie mal zu waschen.

11:34 Uhr: Volker Surmann stopft die Jacke in die Waschmaschine. Anschließend läuft er zehn Minuten durch seine Wohnung, um aus allen Ecken Textilien zusammenzuklauben, die er auch mal waschen könnte, denn er hat erst gestern gewaschen.

11:46 Uhr: Volker Surmann sitzt wieder am Schreibtisch und ruft seine E-Mails ab. Keine neuen da. Das ist ungewöhnlich. Volker Surmann ruft noch mal E-Mails ab. Immer noch keine. Auch keine neuen Nachrichten auf Facebook.

11:49 Uhr: Volker Surmann vermutet, dass das Internet kaputt ist. Abgestürzt. Er sucht nach Hinweisen auf einen aktuellen Totalausfall des Internets. Auf *Spiegel Online.* Keine Hinweise. Auch auf Facebook weiß niemand was.

12:09 Uhr: Volker Surmann trägt die letzten Verkaufszahlen eines von ihm verlegten Buchs in eine Tabelle ein. Er hat zwar erst zwei gesicherte Zahlen, alle anderen bekommt er in sieben Tagen, aber er trägt sie trotzdem schon mal ein.

12:21 Uhr: Volker Surmann schaut auf die Tabelle und weint seit vier Minuten. In sieben Tagen wird er die ganze Tabelle noch mal mit den gesicherten Zahlen überschreiben und dann wieder weinen. Egal, Weinen ist produktiv, Weinen schafft Output, Tränen sind der Schweiß des Verlegers.

12:53 Uhr: Volker Surmann wird gewahr, dass er den ganzen Tag schon vor sich hin prokrastiniert. Er beschließt, diesem Missstand offensiv zu begegnen. Er postet auf Facebook: *»Komm heut gar nicht klar ... procrastination day«*. Nun hat er einen triftigen Grund, alle zehn Minuten nachzugucken, ob schon jemand den Eintrag gelikt oder kommentiert hat.

13:00 Uhr: Noch kein einziger Like, nicht mal von Michael Becker, der sonst alles likt.

13:10 Uhr: Noch immer kein Like.

13:21 Uhr: Volker Surmann checkt seine E-Mails. Keine E-Mails. Er überlegt kurz, Spam-Mails zu beantworten.

13:34 Uhr: Volker Surmann beschließt einzukaufen. Muss man ja auch mal machen. Morgen ist Karfreitag. Da sollte man den Kühlschrank auffüllen.

13:47 bis 14:01 Uhr: Volker Surmann beguckt sich im Edeka alle vorrätigen Basilikumse oder wie auch immer der Plural davon ist. Basilika? Basiliken?

14:17 Uhr: Volker Surmann kehrt mit seinen Einkäufen zurück und stellt fest, dass sein Kühlschrank schon voll ist.

Stimmt, er war ja gestern schon einkaufen. Jetzt hat er alles doppelt. Außer dem Basilikum, denn dem fehlt noch immer sein Plural.

14:23 Uhr: Volker Surmann pflanzt einen Basilikum in seinen Balkonkasten. Das hat zwar mit seinem Beruf nichts zu tun, fühlt sich aber trotzdem produktiv an.

14:31 Uhr: Volker Surmann nimmt die Wäsche aus der Maschine. Bei der Winterjacke fällt ihm auf, dass der Klettverschluss am Windkragen ziemlich verfusselt ist. Die folgenden zehn Minuten erntet Volker Surmann Fussel vom Klettverschluss. Kurz überlegt er, ob er darüber schreiben könnte, entschließt sich aber dagegen. Was sollen die Leute denken? Dann hängt er die Wäsche auf.

14:59 Uhr: Volker Surmann setzt sich zurück an seinen Schreibtisch, weil er findet, dass es endlich an der Zeit ist, eine neue Geschichte zu schreiben. Er beschließt, über Prokrastination zu schreiben. Vorher checkt er aber noch mal seine E-Mails.

15:03 Uhr: Keine neuen Mails. Volker Surmann beantwortet eine alte: *»Sehr geehrte Frau Roth, vielen Dank für Ihre Mitteilung, dass Sie bis zum 18. im Urlaub sind. Lassen Sie mich die Gelegenheit nutzen, Ihnen schöne und erholsame Urlaubstage zu wünschen.«* Kontaktpflege ist sehr wichtig in kreativen Berufen.

Frau Roth antwortet, dass sie bis zum 18. im Urlaub ist. Volker Surmann wünscht ihr noch einmal schöne Ferien.

Frau Roth antwortet, dass sie bis zum 18. im Urlaub ist.

15:05 Uhr: Nach dem dritten Mal »*Schönen Urlaub*« antwortet Frau Roth nicht mehr. Nun kann Volker Surmann endlich beginnen zu schreiben. Vorher schlägt er aber noch schnell den korrekten Plural von Basilikum nach: »Basilikums« oder tatsächlich »Basiliken«.

16:07 Uhr: Volker Surmann hat sich eine Stunde lang im Duden festgelesen. – Spannend!

16:09 Uhr: Volker Surmann schreibt auf einen Notizzettel: *»Geschichte über Kunsthistoriker, der Basiliken sucht und auf einem Gewürzacker landet.«*

16:11 Uhr: Endlich! Eine neue E-Mail!

Frau Roth schreibt, dass sie bis zum 18. im Urlaub ist.

16:17 Uhr: Volker Surmann beginnt, einen Text zu schreiben: »*Wenn ich eine Hündin hätte, würde ich sie ›Inspiration‹ nennen. Dann könnte ich jederzeit nach ihr rufen, und sie würde kommen. ›Inspiration! Komm mal bei mich bei! Naaa, feini-feini! Mach Sitz, Inspiration! Nicht weglaufen! Braaaaav, Inspiration! Und jetzt spring mich an!‹*«

16:19 Uhr: Volker Surmanns Inspiration ist aber mehr so eine Katze. Sie führt ein rätselhaftes Eigenleben und kommt nur, wenn sie selbst es will. Scheißvieh!

16:28 Uhr: Immer wenn ihm gar nichts mehr einfällt, dreht Volker Surmann seine Tastatur um, klopft mit der Ecke auf die Schreibtischplatte und betrachtet fasziniert, was da alles so rausrieselt. Er wiederholt diesen Vorgang zweimal und fegt dann ein kleines Häufchen aus Hautschuppen, Fingernägeln und Sonstwas zusammen und ist beeindruckt. Volker Surmann weiß jetzt, was er antwortet, wenn er das nächste Mal gefragt wird, wie viel von ihm da eigentlich drin sei, wenn er schreibt: »Na, so ein halbes Gramm von mir.«

Anschließend pustet er die Krümel weg.

16:30 Uhr: Der erste Facebook-Kommentar auf das Procrastination-Posting! Alex Burkhard schreibt aus München: *»Same here. Kommt vor.«* Volker Surmann ist glücklich. Er hat etwas geschrieben, und es wurde gelesen. Ein guter Tag für einen Schriftsteller.

16:34 Uhr: Volker Surmann hat durch die ganzen Krümel auf seinem Schreibtisch Hunger bekommen. Sitzt ja auch schon ganz schön lange am Schreibtisch. Das kostet Energie. Er beschließt, zur Feier des Tages erst mal etwas zu essen.

16:55 Uhr: Volker Surmann will noch etwas schreiben. In seiner Verzweiflung schaut er die Ideenzettel auf seinem Schreibtisch durch. Es ist nur ein Zettel. Irgendwas mit Basilikum. Er ist mit einer Schicht aus undefinierbaren Krümeln überzogen. Angewidert wirft Volker Surmann den Zettel weg.

17:21 Uhr: Volker Surmann beschließt, das Experiment mit der Prokrastinationsgeschichte abzubrechen. Bevor er seinen Arbeitstag beendet, checkt er noch einmal E-Mails.

17:22 Uhr: Volker Surmann starrt auf den Bildschirm. Eine Maya schreibt ihm, dass sie bei seinem nächsten Slam keine Zeit hat.

Volker Surmann antwortet sofort: »*Hallo, Maya. Vielen Dank, dass du für diesen Termin absagst. Du bist die Erste, die das tut. Der besagte Slam war auch schon vor vier Tagen, und genau genommen hat dich auch niemand vermisst. Mit solidarischen Prokrastinationsgrüßen, dein Volker.*«

Ich sehe, wie das ist

Von mir sollen Fotos gemacht werden. Für mein altes »Bauernsohn«-Buch, das noch mal als neues Paperback in einem Taschenbuchverlag erscheinen soll, und vorne drauf auf das neue alte Buch soll ein neues Foto vom alten Volker.

Der Aufwand, der für dieses Buchcover betrieben wird, verblüfft mich ein wenig. In meinem eigenen Verlag hab ich nur sehr wenig Geld für ein Buchcover zur Verfügung. Hier wird eigens ein Fotograf aus München eingeflogen.

»In Berlin gibt's aber auch Fotografen«, werfe ich ein.

Neinnein, sie arbeiteten immer mit einer Münchner Agentur zusammen, erklärt mir die Produktionsleiterin. Sie selbst komme natürlich auch zum Shooting aus Köln rübergeflogen.

»Wow, für das, was das alles kostet, könnte ich mit meinem Verlag ein ganzes Buch finanzieren«, rutscht mir raus.

»Na, dann sehen Sie mal, wie das ist«, sagt die Produktionsleiterin.

Bis ich sehen sollte, wie das ist, ruft mich die Münchner Werbeagentur noch mehrfach an.

»Welche Größe haben Sie denn?«

»Einsachtundachtzig.«

»Nein, für die Requisiten beim Shooting. Welche *Konfektionsgröße* haben Sie?«

»L.«

»Äh, genauer haben Sie es nicht?«

»Nee, bei mir steht immer nur L in den Klamotten, manchmal auch M.«

»Und die Schuhgröße?«

»44. Wieso?«

»Für die Gummistiefel.«

»Gummistiefel besitze ich sogar, die könnte ich mitbringen.«

»Okay. Dann bringen Sie die mit. Und wir besorgen noch eine Latzhose.«

Das ist eine schöne Idee. Denn im Buch kommt eine rostrote Cordlatzhose vor.

»Die Farbe ist egal, das färben wir am Computer später ein. Haben Sie zufällig Strohballen zu Haus?«

»Nein.«

»Na, ich dachte: weil Sie doch vom Land kommen.«

»Das ist richtig. Aber ich leb seit zwölf Jahren in Berlin.«

»Kennen Sie in Berlin zufällig einen Bauern?«

Stille. Über die Frage muss ich tatsächlich nachdenken. Nicht dass ich einen kennen würde, aber ich finde schon die Frage hochinteressant. Wie kommt man darauf? Was für Vorstellungen haben Münchner von Berlin?

»Tut mir leid, die Zahl an Bauernhöfen in Prenzlauer Berg und Neukölln ist, ich sag mal, überschaubar.«

»Wegen der Strohballen. Wir wissen noch nicht, wie wir die auftreiben sollen.«

Ein paar Wochen später:

Wir stehen im Saal einer Tanzschule, der für das Fotoshooting eigens angemietet wurde. Wir sind umringt von Foto-Equipment, Stativen und leeren Amazon-Kartons. In der Raummitte stehen zwei Ballen Stroh, ein roter Kindertraktor und eine rustikale Mistgabel. Der Fotograf schaut sich all das an und fragt: »Jetzt sagen Sie doch mal: Worum geht's eigentlich in Ihrem Buch?« Auch über die Frage muss ich einen Moment nachdenken.

Nun gut, er ist nur der Fotograf, er muss das Buch nicht gelesen haben, aber dass auch die Produktionsleiterin vom Verlag ratlos den Kopf schüttelt, wundert mich schon ein bisschen.

Dann erkläre ich den beiden, dass es in meinem Buch darum geht, dass ich mich schon als Kind oftmals gefühlt habe wie ein urbaner Schöngeist gefangen im Körper eines ostwestfälischen Bauernkinds. Anschließend schaut der Fotograf etwas zweifelnd auf das kleinbäuerliche Requisitenarsenal.

»Wo haben Sie das Stroh hergekriegt?«, frage ich. »Doch noch einen Bauern in Berlin gefunden?«

»Nee«, sagt der Fotograf. »Amazon.«

Und tatsächlich! Während er das Stroh verteilt, gehe ich mit dem Smartphone auf die Amazon-Seite und finde: *»Dehner Strohballen, 1er Pack goldgelbes Qualitätsstroh, gepresster 7kg-Ballen. Wird oft gekauft zusammen mit Zwergkaninchenfutter und Heu. 8,49 Euro zzgl. Versand.«*

Die Kundenbewertungen sind ausgesprochen positiv: *»Ich bin begeistert«*, schreibt ein User, *»der Strohballen ist riesig und in einem dicken Plastiksack verpackt. Das Stroh ist schön hellgelb, und die Halme sind nicht zu kurz geschnitten. Es hat einen guten Geruch und soweit ich das sehen kann, ist es nicht so staubig wie manch anderes Produkt aus dem Zooladen.«*

Faszinierend. Ich frage mich, was mein Vater wohl dazu sagen würde. »8,49 Euro für'n Ballen Stroh? Ker', das hat sie doch nicht alle, dein Internet!« Und recht hat er. 8,49

Euro, da muss ein Amazon-Lagerarbeiter schon 'ne gute Stunde für arbeiten.

»War 'ne Idee von unserem Praktikanten«, sagt der Fotograf. »Gibt da echt alles.«

Die Vorstellung gefällt mir: Da macht man ein Praktikum in einer Münchner Werbeagentur, weil man was Hippes mit Medien machen will, und muss dann Stroh und Mistgabeln bei Amazon bestellen.

Eine Viertelstunde später stehe ich in Latzhose, Karohemd und Gummistiefeln neben dem Strohballen. »Und jetzt nimm mal die Mistgabel in die Hand!«

Seit ich wie ein Bauer aussehe, ist der Fotograf ins »Du« gewechselt. Allerdings seh ich nicht wirklich wie ein Bauer aus, sondern mit der Arbeitshose aus dem Baufachhandel eher wie ein Fliesenleger, der im Begriff ist, gleich einen Strohballen zu kacheln.

Dann beginnt das Shooting. Der Fotograf gibt mir ganz präzise Anweisungen: »Nimm mal die Gabel mit der rechten Hand, Fuß auf den Strohballen, bitte den linken Arm nicht verdecken, den Po bitte nicht so rausstrecken, Kopf nach unten senken, und dann rechts die Augen hoch zu mir, aber nicht schielen. Die rechte Schulter bitte etwas eindrehen, nicht zu hoch. Und bitte nicht verkrampfen dabei.« Blitz.

»Und nicht so angestrengt gucken!« Blitz.

»Arm nicht verdecken!« Blitz. So geht es etwa eine halbe Stunde weiter. Irgendwas vergesse ich nämlich immer.

»Kopf!«

»Augen!«

»Po!«

»Arm!«

Irgendwie klingt es nach Fleischerei, wo gerade eine Separatorenfleischwurst gekocht wird.

»Augen!«

»Knie!«

»Denk an den Arm!«

»Und freundlich!«

»Kopf!«

»Schulter!«

»Arm!«

»Po!«

»Sitz!«

»Männchen!«

»*WAS?*«

»Scherz! Weiter!«

Endlich kriege ich alles gleichzeitig hin. »Hat nicht geblitzt, oder?«, sagt der Fotograf.

»Nur noch drei Mal«, ruft er später.

»Nur noch drei Mal«, sagt er nach den nächsten fünf Malen.

»Zwei Mal noch, dann haben wir's«, sagt er nach weiteren zwölf Malen.

»Gut so! Noch ein Mal!«, schreit er euphorisch nach einer Viertelstunde.

»Jaa! Noch mal!«, schreit er nach den nächsten drei Malen.

»Jaa, genau so. Noch mal!«

»Super. Noch ein Mal!«

»Super. Noch ein Mal!

»Jaaa! Noch ein Mal!«

»Jaa! Noch ein Mal! Genau so!

»Ja! Noch ein Mal!«

»Ja! Das ist gut!!! Nur noch *ein* Mal!«

»Super. Noch ein Mal!«

»Super. Noch ein Mal!

»Jaaa! Noch ein Mal!«

Irgendwann traue ich mich einzuwerfen, ob ein bisschen weniger bäuerlich nicht viel besser zu dem Buch passen würde und dass ich keine Lust hätte, als *Bauer-sucht-Frau*-Karikatur auf meinem Buch zu posieren. Wir machen daraufhin alle Fotos noch einmal ohne Latzhose, nur mit Gummistiefeln.*

»Viel besser«, stellt der Fotograf fest. »Das andere wäre irgendwie zu bäurisch, Sie haben recht!« Inzwischen siezt er mich wieder.

Nach drei Stunden sind wir fertig, ich durfte auch noch ein wenig mit dem roten Kindertraktor durchs Tanzstudio kurven. Der Fotograf packt Kindertraktor, Mistgabel, Latzhose und Stroh wieder in die Amazon-Kartons und lässt sie von einem Kurierdienst nach München bringen. Was sie dort wohl mit dem ganzen Krempel machen? Wahrscheinlich an irgendwen verschenken. Ich tippe auf den Praktikanten.

---

* Um Missverständnisse zu vermeiden: Ich hatte schon was an.

Wie ich mal vor Markus Lanz versagte

Es gibt so Anfragen, wo man erst einmal schluckt und dann überlegt:

»Herr Surmann«, ruft mich eine Frau aus der Presseabteilung des neuen »Bauernsohn«-Verlags an und klingt begeistert: »Markus Lanz hat Interesse an Ihnen.« – Ein Satz, der in den Ohren eines homosexuellen Schriftstellers sogar doppelt abscheulich klingt.

»Ein Herr Honeker von der Produktionsfirma wird sich bei Ihnen melden.«

»Honecker?« Sollte beim bekennenden Sozialistenfresser Lanz allen Ernstes ein Mitarbeiter »Honecker« heißen?

»Ja, aber ohne ›c‹ und mit dem Vornamen Robin. Mit dem führen Sie dann ein Vorgespräch. Oder, sagen Sie, wie halten Sie's mit Markus Lanz?«

Oha, da war sie: die öffentlich-rechtliche Gretchenfrage. Ehrlich gesagt; Ich habe *Markus Lanz* noch nie mehr als zehn Minuten durchgehalten. Belangloser Täglichtalk, den aber überraschend viele Leute anschauen oder aufgrund akuten Wegdösens nicht abzuschalten vermögen.*

Dummerweise könnte das »Bauernsohn«-Taschenbuch gerade etwas Werbung gebrauchen. Man will ja auch gelesen werden. Ich finde mein Buch ja gut, und vielleicht

* Ich wette, gut 50 Prozent von *Markus Lanz* werden im Halbschlaf konsumiert. Genauso hoch mutmaßlich auch der Anteil, der im Halbschlaf produziert wird.

fände der ein oder andere ZDF-Zuschauer mein Buch ebenfalls gut. Vielleicht sogar so gut, dass er ein paar Tage später lieber mein Buch läse, anstatt *Markus Lanz* zu gucken. Als Autor muss man ja auch Visionen haben. Also sage ich zu.

Robin Honeker reist extra aus Hamburg an, ist hochgewachsen und wirkt auf mich sehr sympathisch. Ich weiß: Für diese Geschichte wäre es besser, wenn er in Wahrheit ziemlich dumm und rückgratlos wirkte, aber keine Sorge: Das finde ich schon noch raus.

Wir treffen uns in einem Café in Berlin-Mitte. Herr Honeker nimmt das Gespräch mit einem Diktiergerät auf, damit es in der Redaktion ausgewertet werden kann:

RH Ich lass das Gerät hier mal mitlaufen, einverstanden?

V In Ordnung. Wenn es für Sie okay ist, dass ich meinen Subtextrekorder mitlaufen lasse ...

RH Wenn Sie meinen, aber ich sehe hier keinen weiteren Rekorder.

V Den habe ich im Kopf. Subkutan implementiert qausi, mit einer Nennleistung von 1375 Gramm Weichspeicher.

RH Äh, ja. Gut, dann starten wir mal. Herr Surmann, Sie haben sich als Kind mal in eine Kuh verliebt?

V Ja, sie hieß Erna, und ich war fünf.

RH Und die Namen der Kühe fingen alle mit E an.

V Einige auch mit A. Das hatte irgendwas mit den Erblinien zu tun. Alle Kälber von einer Kuh mit A begannen mit A, und die von einer Kuh mit E ...

RH In Ihrem Buch haben Sie aber geschrieben, dass alle Kühe mit E anfingen!

V Das habe ich für die Geschichte etwas vereinfacht.

RH Sie hatten da ja auch einen Kanarienvogel auf dem Bauernhof.

V Das ist richtig, der war steinalt.

RH Ist das richtig: Der sang nur noch, wenn die Spülmaschine brummte?

V Genau.

RH Und das funktionierte ja auch bei anderen Haushaltsgeräten. Und irgendwann haben Sie den Käfig zum Mofa des Nachbarjungen ...

V Na ja ...

RH Da muss ich jetzt mal einhaken: Was meinen Sie mit »na ja«?

V Nun, was erwarten Sie von mir? Soll ich nacherzählen, was in den Geschichten steht, oder soll ich als Autor antworten?

RH Ist denn da ein Unterschied?

V Klar! Ich bin Humorist! Jede Geschichte hat ihren wahren Kern, aber selbstredend überspitze ich hier und da. Das Buch ist ja keine Biografie.

RH Wie hab ich das zu verstehen?

V Ich kann's Ihnen mal an einem Beispiel verdeutlichen: Angenommen, ich würde über unser Gespräch hier einen Text schreiben, dann würde ich es ja nicht exakt so aufschreiben, wie wir es geführt haben.

RH Nicht?

V Nein. Dann wär' dieser Text ja unendlich lang. Stattdessen würde ich einige Zuspitzungen vornehmen, die zeigen, wie ich unser Gespräch erlebt habe.

RH Zuspitzungen?

V Genau. Ich könnte Sie zum Beispiel viel begriffsstutziger darstellen, als Sie in dem Gespräch nach außen hin auftraten.

RH Begriffsstutzig? Verstehe ich nicht.

V Müssen Sie auch nicht. Ich würde ja gerade diesen Kern der Begriffsstutzigkeit herausarbeiten.

RH Ich seh hier keinen »Kern der Begriffsstutzigkeit«.

V Eben. Und ich könnte mich viel lehrerhafter geben, als ich im realen Gespräch war.

RH Lehrerhaft?

V Ja, haben Sie denn in der Schule nie den Unterschied zwischen Autor und lyrischem Ich gelernt?

RH Und was hat das mit Ihrem Buch zu tun?

V Quod erat demonstrandum.

RH Tut mir leid, ich kann kein Italienisch.

V Oder ich stell Sie gleich als strunzdumm dar!

RH Hä?

V Was ich sagen will: Ich bin Autor und zwar satirischer Autor und hab ein Buch mit Geschichten über meine Landjugend im Teutoburger Wald geschrieben. Ich dachte, Sie wollten mich in diesem Vorgespräch als Autor interviewen, anstatt zu überprüfen, ob ich meine Geschichten auch auswendig nacherzählen kann.

RH Oh, nun, tja. Also ... Da müssen wir dann mal sehen, wie wir damit umgehen.

V Wissen Sie, Herr Honeker, was ich gerade gedacht habe: Vielleicht ist der Herr Lanz gar nicht so dumm, wie alle denken, sondern er hat einfach sehr dumme Redakteure, die ihm sehr viel dummes Zeug auf seine Karteikarten schreiben.

RH Verstehe ich nicht.

So weit das Gespräch, wie es mein Subtextrekorder aufgezeichnet hat. Im echten Gespräch haben wir uns geduzt und gaben uns nach gut zwei Stunden freundlich die Hand, Robin versprach, sich bald bei mir zu melden. Was er aber nie tat. Stattdessen schickte er gleich am nächsten Morgen der Presseabteilung des Verlags eine Absage mit der Begründung, Herr Surmann böte »nicht genug Identifikationspotenzial für die Zuschauer«. Diese Auszeichnung trage ich seitdem mit Stolz.

Ich stand mit Peter Fox auf der Bühne

Schon nach wenigen Stunden liebe ich das »Open Flair«-Festival in Nordhessen, auf dem ich dieses Jahr erstmals auftreten darf. Das Angenehme ist hier, dass zwischen Poeten, Kleinkünstlern und Rockstars kaum Unterschiede gemacht werden. Alle tragen zum Festival bei, das Backstage-Areal mit dem zentralen Catering gehört allen. Hier treffen sich Poetry-Slammer und Musiker, Kindertheater und *Killerpilze**, Britpopper, Rapper und Vorleser sowie die Veranstalter, Helfer und Familienmitglieder all dieser Gruppen. Marc-Uwe Kling und Julius Fischer unterhalten sich mit *Kadavar* über Wanderhuren und Pinguine, das Känguru räumt das Buffet in seinen Beutel, Kollege Bernd Gieseking trinkt mit den Eintänzern der norwegischen Funpopper *Kakkmaddafakka* und wiederholt die ganze Zeit, er könne es gar nicht fassen, dass man so eine bekloppte Bühnenshow machen könne, ohne Finne zu sein.

Später setze ich mich zum Kollegen Kling auf eine Bierbank. Am anderen Ende sitzt Peter Fox und isst ein Würstchen. Ein etwa zehnjähriger Junge kommt an den Tisch und fragt: »Darf ich ein Autogramm haben?«

»Aber klar doch!« Peter Fox zieht einen Stift aus seinem blauen Jackett.

»Nee, von dir doch nicht«, sagt der Junge und deutet auf

* Auch eine Art Kindertheater.

Marc-Uwe. Peter Fox weint. Das Känguru steckt ihm eine Schnapspraline zu. – Das ist geil, das ist offen, hier im Backstage weht der wahre Geist des »Open Flair«. Ich genieße diese Stimmung.

Am späten Abend: Gut 17.000 Menschen vor der Bühne. Auf der Bühne: *Seeed*, auf den Nebenflächen der Mainstage schauen alle Menschen, die einen Backstage-Pass haben, von der Seite aus zu. Ich linse zwischen Boxentürmen und Traversen auf ein Meer aus Menschenköpfen. Krasser Scheiß, sind das viele! Nicht wenige der anwesenden Kleinkünstler und Poeten bereuen gerade ihre Berufswahl. Mir wird gewahr, dass ich quasi gerade mit *Seeed* auf der Bühne stehe! Könnte ich vielleicht in meine Vita mit aufnehmen: »Stand schon mit *Seeed* auf der Bühne.« Ich hab mal gehört, Reggae-Bands machen das gerne, da standen angeblich alle schon mal mit Bob Marley auf der Bühne, selbst die nach 1988 geborenen Sänger.

Und noch etwas wird mir gewahr: Dass ich *Seeed* überhaupt nicht mag. Egal, hab ich mehr Zeit, mir die durchgestylte Show von hinten anzuschauen. Das hat auch seinen Unterhaltungswert. Gerade kommt ein Typ mit der Statur von Danny DeVito angelaufen und versucht, durch aufgeregtes Armrudern die Aufmerksamkeit der Blechbläser auf sich zu lenken. Als sie ihn endlich bemerken, schaut er sie grimmig an, legt Daumen und Zeigefinger in seine Mundwinkel und drückt diese demonstrativ nach oben. Dann deutet er dorthin, wo neben der Mainstage die große Videoleinwand hängt. Diese Geste wiederholt er mehrfach. Mit dem Ergebnis, dass nun sämtliche Menschen auf der Nebenbühne bis über beide Ohren grinsen, die Blechbläser jedoch immer noch bräsig glotzen, als sei ihnen gerade das Blech weggeflogen. Danny DeVito läuft rot an wie eine Trickfilmfigur, dann endlich nicken die Bläser und quälen sich ein Lächeln ab, zumindest bis Danny DeVito die Bühne verlassen hat. Das war wohl gerade der Regisseur der Show! Jetzt weiß ich, wofür die Band einen eigenen Garderobencontainer für die »Produktion« hat: Da sitzt also Danny DeVito auf seinem Regiestühlchen, sieht die Videobilder und ärgert sich.

Wir Poeten stehen neben einer gigantischen Schrankwand aus technischem Gerät, wilden Kabelästen, lustig blinkenden Leuchtdioden, Steckdosen und unendlich vielen Sicherungskippschaltern. Was wohl passieren würde, wenn man einen davon mal umklappte? Ein Techniker schaut mich dermaßen böse an, als sei an ihm ein Blechbläser verloren gegangen. Er ahnt wohl, was ich gerade gedacht habe, denn er greift sich eine Rolle Absperrband und zieht es um sich und seinen Kabelschrank. Ich stupse den Kollegen Jan Phillip Zymny an: »Zehn Euro, wenn du ihn fragst, ob du mal dein Handy aufladen darfst.«

Rechts von uns steht ein weiteres Technikpult. Da sitzt ein Mann und hat einen klassischen Joystick vor sich, den er unablässig bewegt. Dazu starrt er angestrengt auf die Bühne. Ich frage mich, was er da gerade steuert.

An der Traverse vor ihm steht ein Junge, vielleicht achtzehn Jahre alt und lässig rauchend, in der typischen Techniker- und Roadieuniform: abgeschnittene Baggy Pants mit tätowiertem Unterschenkel.*

Ab und zu nickt einer der Musiker, daraufhin hechtet der Junge zu einer knallroten Kühlbox, fischt eine Beck's-Flasche raus, öffnet sie und krabbelt auf das Blechbläserpo-

* Falls sich noch jemand fragt, wohin die Mode der Baggy Pants verschwunden ist, so kann ich sagen: Sie befindet sich backstage.

dest und tauscht zu den Füßen des Musikers die leere gegen eine volle Bierflasche aus. Dann krabbelt er zurück, und der Blechbläser lächelt endlich mal. Wow! Ich bin beeindruckt: *Seeed* haben eigene Beerboys! Das macht sich sicherlich gut im Lebenslauf. »Was haste denn nach dem Abi gemacht?« – »Ich war in der Musikbranche, stand mit *Seeed* auf der Bühne.« – »Aha, und als was?« – »First Beerboy auf der rechten Bühnenseite.« Ich bin neidisch. Wir Vorleser trinken auch viel Bier, aber einen eigenen Beerboy haben wir noch nicht.

Ich widme mich wieder dem Joystickmann. Der Techniker bewegt den Joystick nach rechts. Ich schaue, ob sich auf der Bühne irgendwas bewegt: Bestimmte Scheinwerfer? Nein. Bühnenelemente? Nein. Irgendwelche Traversen? Nein. Nur Peter Fox läuft gerade nach rechts, macht kehrt und läuft zurück. Ich schau auf den Techniker. Tatsächlich, dessen Joystick zeigt nun nach links, jetzt dreht er ihn nach vorn. Peter Fox läuft auf die Vorbühne. Er drückt einen roten Knopf. Peter Fox springt. Ich bin beeindruckt, bei *Seeed* überlässt man nichts dem Zufall!

Auf dem Festivalgelände tanzen gerade 17.000 Menschen. Auf der Bühne ist es cool. Niemand wippt hier mit. Nur eine vergessene Dose Red Bull tanzt ziemlich voll auf einer Box. Ich vernehme neben mir Getuschel. Jan Philipp Zymny labert gerade einen Techniker an und deutet auf sein Handy. Der Techniker ist dermaßen perplex, dass er, ohne zu murren, nach einer Kabeltrommel greift und sie Zymny hinhält. Dann wird er von seinen Kollegen zusammengeschlagen.

Ich bin nun zehn Euro ärmer, aber die waren das Konzert von *Seeed* echt wert.

Meine Buchmesse (ein Life-Ticker)

16:40 Uhr: Messenstand des Verlags, in dem mein dritter Roman rausgekommen ist, misst etwa einen Quadratkilometer. Davon gehört ein Fußballfeld dem aktuellen Bestseller, rund 7000 Quadratmeter. Ich beginne mit der Suche nach meinem Buch.

16:52 Uhr: Ich habe ihn gefunden. Mein Roman nimmt auf dem Stand eine Fläche von 218,79 Quadratzentimetern ein: 11,7 mal 18,7 cm, das sind die exakten Maße eines einzigen Taschenbuchs. Es steht in einem Fach zwischen vier anderen Titeln. Das Regal befindet sich in einer Nische hinter einem Bestsellerturm. In Kniehöhe. In deutlichen, unsichtbaren Lettern steht über dem Fach: »Unsere Flops des Jahres«.

Oder was hat sich die Vertriebsabteilung des Verlags sonst dabei gedacht? »Na, es ist ein Buch, in dem Schwule vorkommen! Dann präsentieren wir das mal als Bückware, höhöhö.«

16:54 Uhr: Während ich noch fassungslos vor dem Regal hocke und mit meiner Selbstachtung ausdiskutiere, ob ich davon ein Foto für Facebook machen soll, stürzt eine der PR-Damen vom Verlag auf mich zu: »Oh, Herr Surmeiner! Sie hier am Stand?«

Ich seufze sehr laut. Drei Leichtbauwände weiter hält Julia Engelmann in einer Signierstunde inne und notiert sich eine Idee: »Ach, Baby! Lass uns seufzen.«

»Sie hier am Stand?« – Über die Frage wundere ich mich ein wenig, schließlich hat der Verlag gerade mein Buch rausgebracht. »Na ja, Sie haben doch gerade mein Buch …«

»Oh, ich hab's noch gar nicht gesehen. Haben Sie's schon gefunden?«

Was für eine Frage? Wäre ich in Kalauerlaune, würde ich witzeln: »Haha, da haben Sie mein Buch wohl verlegt.« Aber ich bin nicht in Kalauerlaune. Ich deute auf das Regal in Kniehöhe.

Die PR-Frau schaut kurz irritiert. Das Fach fällt ihr wohl auch zum ersten Mal auf, dann ruft sie begeistert: »Hey, dann machen wir doch gleich mal ein Foto für Facebook!«

»Soll ich mich vor das Regal legen?«

Aber die PR-Dame ist schneller, greift sich das Buch aus dem Fach und räumt es vor andere davor. Nun steht es deutlich sichtbar vor einer Liebesromanreihe für liebeskranke Teenager: Thoughtless, Effortless, Careless, Ich: Successless.

»Und jetzt bitte mal lächeln!«

20:33 Uhr: Mutlos habe ich mich zur Buchmessenparty des Verlags begeben. Seit drei Minuten blättert die Empfangsdame in der Gästeliste. »Hm«, sagt sie. »Surmann habe ich nicht, aber ich habe einen Surmeier.«

Ich seufze. »Das bin dann wohl ich.«

»Und dann treten Sie mal bitte zur Seite, da kommen gerade Richard Daniel Brecht und Julia Engelbert.«

20:47 Uhr: Überall in der Partylocation stehen kleine Sofagruppen und Kühlschränke rum, aus denen man sein Bier selber nehmen kann. Ich greife zu.

21:33 Uhr: Rund zweitausend Leute sind hier auf der Party. Die Autoren erkennt man daran, dass sie allein und irgendwie verloren zwischen all den anderen herumeiern. Genauso beschäftige ich mich seit einer Stunde. Für eine Runde durch die Halle benötige ich eine gute Viertelstunde. Immer an der Stirnseite begegne ich einem mittfünfziger Lockenkopf mit Nickelbrille und Strickjacke. Er wirkt so verunsichert und deplatziert, dass er eigentlich nur Autor sein kann. Ich kenne niemanden.

21:40 Uhr: Immerhin, das Catering ist ausgezeichnet. Ich esse aus Langeweile und schaue Richard David Precht beim Essen zu: Was isst er, und wenn ja, wie viel? Ich werde Zeuge, wie er sich einen Klecks Korianderjoghurt aufs Hemd kleckert. Ich befürchte, dies könnte mein Highlight des Abends bleiben.

21:45 Uhr: Der Weißwein ist auch sehr gut. Ich trinke aus Langeweile.

21.50 Uhr: Indonesien ist Gastland der Buchmesse. Entsprechend international ist die Party, drei Viertel der Servicekräfte sind migrantischer Herkunft.

22:05 Uhr: Kaum hat man ein Glas ausgetrunken, wird es vom Servicepersonal abgeräumt. »Ausgetrunken« meint dabei, dass man zweimal dran genippt hat. Viele Gäste halten ihre Gläser krampfhaft fest. Der Lockenkopfmann mit der Nickelbrille schaut sich hilflos um. Er hat sein Glas verloren.

22:15 Uhr: Ich treffe den Verleger meines ersten Romans.

»Hallo«, begrüße ich ihn überschwänglich, »schön, dich zu sehen!«

»Ich wollt' grad gehen«, sagt er.

»Ich bin seit 'ner Stunde hier und kenne niemanden!«, beginne ich einen Smalltalk.

Er sagt: »Na, dann hast du dich ja schon dran gewöhnt, tschüss!«

Ich greife nach meinem Glas und fasse ins Leere.

22:20 Uhr: Der einzige Vorteil daran, dass jedes ansatzweise leer getrunkene Glas sofort abgeräumt wird, ist, dass man ebenso schnell ein neues in der Hand hat.

22:23 Uhr: In der Menge sehe ich eine Person mit aufgesetzten Hasenohren. Coole Aktion, denke ich. Ansonsten dominiert Schwarz. Schwarze Anzüge, schwarze Jeans, schwarze Hemden, schwarze Cocktailkleider. Man könnte glauben, jemand wird beigesetzt. Vielleicht die Poesie. Julia Engelmann läuft vorbei. Sie trägt Schwarz.

22:40 Uhr: Ich diskutiere mit meiner Selbstachtung, wie lange ich bleiben muss, um das Gefühl zu haben, mich angemessen lang habe blicken zu lassen. »Voraussetzung wäre, dass überhaupt jemand nach dir guckt«, sagt mein Selbstwertgefühl. Rechenaufgabe: Wie lang muss ein Autor auf einer Verlagsparty ausharren, dessen Buch am Verlagsstand gerade mal 11,7 mal 18,7 Zentimeter einnimmt? Ich überschlage, ich kalkuliere, wäge ab und komme auf etwa dreieinhalb Minuten. Ich schaue auf die Uhr. Für diese Rechnung brauchte ich etwa dreieinhalb Minuten.

22:44 Uhr: Die Hasenohren sind gerade an mir vorbeigelaufen. Ein erschreckender Moment, denn der lustige Kostümrebell war eine Dame im reiferen Alter. Es war gar kein Hasenkostüm, es war Haute Couture.

22:47 Uhr: Meine Selbstachtung meint, ich solle noch ein wenig bleiben, vielleicht begegne ich noch jemandem, dem ich mein Leid mit den 11,7 mal 18,7 Zentimetern klagen könne. Außerdem gebe es kostenlose Cocktails. Ich bestelle einen Whisky Sour.

22:57 Uhr: Strike! Das Whisky-Sour-Glas wird abgeräumt, aber ich hab es vorher komplett leer getrunken!

23:02 Uhr: Ich stelle fest, dass es auch Gin Tonic gibt. Mit ihm brainstorme ich nach ausgebufften Marketingstrategien, um den Verkauf meines Buchs anzukurbeln. Einen Skandal, denke ich, ich brauche einen handfesten Skandal! Ich könnte es irgendwelchen Fundamentalchristen schicken, die sprechen einen öffentlichen Exorzismus aus (oder wie auch immer »Fatwa« auf Christlich heißt), Volker Beck schreibt eine empörte Presseerklärung, und zack: 5.000 verkaufte Exemplare mehr. Oder ich lass direkt Akif Pirinçci ein Exemplar zukommen. Er wird mich unflätig beschimpfen, öffentliche Empörung, zack: Bestseller!

23:14 Uhr: Mittlerweile wird getanzt. Irgendein Verlagsmitarbeiter gibt den DJ. Seine Playlist wirkt etwas zufällig: Cro, Dr. Alban, Gossip, Prince, Nena. Kurioserweise spielt der DJ keinen Song länger als zweieinhalb Minuten. Gerade würgt er Miley Cyrus' »Wrecking Ball« ab und blendet über zu Ingrid Peters' Schlager »Afrika«. Mein Gin Tonic ist weg. Ich bestelle einen neuen.

23.21 Uhr: Die Party ist immer noch todlangweilig. Das bringt mich auf die Idee, einfach hier vor Ort zu sterben. Viele Schriftsteller sind ja erst posthum zu Bestsellerautoren geworden. »Autor stirbt auf größter Buchmessenparty«. Zack: Bestseller!

23:31 Uhr: Heureka! Ich hab das Problem vom DJ verstanden. Er hat den Aufbau standardisierter Popsongs nicht begriffen: Strophe, Refrain, Strophe, Refrain, Bridge – und bei der Bridge blendet er über. Mein Gin Tonic ist weg. Ich bestelle einen neuen.

23:44 Uhr: DJ Bridgekiller spielt den »Reckoning Song« von Asaf Avidan. »One day, baby ...« Julia Engelmann steht an einer Säule und gähnt.

Mitternacht: Auf der Tanzfläche läuft »Pretty Woman«. Julia Engelmann und Richard David Precht tanzen Klammerblues. Glaube ich zumindest, denn mein Personengedächtnis tanzt gerade besoffen Pogo. Kant und Goethe waren gestern, die neuen moralischen Leitbilder der deutschen Hochkultur heißen Precht und Engelmann.

0:07 Uhr: Ich habe eine Idee! Ich muss das hier alles bloß aufschreiben, denke ich, ich bin doch äh ... Schrift... *-dings.*

0:11 Uhr: Gar nicht so einfach, auf einer Verlagsparty was zu schreiben zu finden.

»Einen Stift, ich brauche einen Stift«, rufe ich. »Und Papier! Ich muss mir was notieren. Eine Idee! ... Ich bin *Dings* ... Autor!«

»Er ist Autor«, flüstern einige Umstehende. »Er hat eine Idee!« Mitleidig schütteln sie die Köpfe, ihre Blicke sagen: »Wer hat den denn reingelassen?«

0:14 Uhr: Ich finde in meinem Portemonnaie ein paar Tankquittungen, und neben einem verwaisten Sessel liegt eine umgefallene Sheepworld-Handtasche, aus der ein paar Stifte und Zettel rausgerutscht sind. Ich greife einen Sparkassenkuli und lese einen der Notizzettel: »Ach, Baby! Lass uns seufzen.« Ich zerknülle ihn.

0:24 Uhr: Seit zehn Minuten lehne ich an einem Kühlschrank und kritzle die Tankquittungen voll. Im Kühlschrank war sogar noch Bier. Ich hebe meinen glasigen Blick. Gegenüber steht der bebrillte Lockenkopf und stiert hilflos auf die Rückseite einer Bahnfahrkarte. Ich krame noch mal in der Handtasche auf dem Boden und reiche dem Kollegen einen Kugelschreiber. Er nickt dankbar und beginnt zu schreiben.

0.37 Uhr: DJ Bridgekiller spielt *Die Ärzte:* »Eines Tages werde ich mich rächen ...« Ich bemerke, dass ich tanze. Neben mir krakeelt eine junge, blonde Frau lautstark mit.

»One dayyy«, lalle ich ihr zu, »were ich auch Effolg habm! Ich bin nämlich nich' nur so'n Innernethypephäno...dings sondern ein seriöser Schriftst... Schriftstööö... !« Dann breche ich Julia Engelmann vor die Füße.

Tags drauf: »AUTOR KOTZT POESIESTAR VOLL!«, titelt die *Bild*. Daneben mein Grinsefoto von der Facebook-Seite des Verlags. Zu lesen ist, ich hätte »der erfolgreichsten Lyrikerin Deutschlands wertvolle Schreibutensilien entwendet« und sie zudem sexuell belästigt, indem ich mehrfach gesagt hätte, ich könne ihr am Messestand mal meine 18,7 Zentimeter zeigen. Die Nachfrage nach meinem Buch steigt daraufhin explosionsartig, doch der Verlag verhängt einen sofortigen Auslieferungsstopp und kündigt meinen Vertrag, Volker Beck spricht eine Fatwa gegen mich aus, und Akif Pirinçci schickt mir ein Glückwunschtelegramm.

4

SCHAMGRENZEN UND WIE MAN SIE ÜBERWINDET

Bei Ärzten

Beipackzettel: Der folgende Text enthält deutliche anthropologische und medizinische Details, die manch ein Leser als anstößig empfinden könnte. Ihre Schilderung dient jedoch ausschließlich Zwecken der Aufklärung sowie der Dokumentation über tabuisierte Körpervorgänge.

1) Bei meiner Hausärztin

»Und wie äußern sich diese Beschwerden?«, fragt meine Hausärztin.

»Es juckt. Und tut gelegentlich weh – äh …«

»Ja?«

»Und das unterliegt auch garantiert der Schweigepflicht?«

»Ja. Aber wie ich Sie kenne, schreiben Sie doch sowieso wieder 'ne Geschichte drüber.«

»Na ja, es ist beim Stuhlgang und so.«

»Aha. Es juckt und schmerzt beim Stuhlgang und so«, fasst meine Hausärztin zusammen. »Na, dann machen Sie sich mal frei.«

Vorsichtig ziehe ich Pullover und T-Shirt aus.

»Sagten Sie nicht ›Stuhlgang und so‹? Also Hose runter und einmal vorbeugen.«

Was soll ich sagen: Es gibt wenige demütigendere Erlebnisse, als sich in angedeuteter Hündchenstellung auf einer Arztliege abzustützen, während einem die Hausärztin einen gummibehandschuhten Finger in den Popo schiebt und den Enddarm abtastet. Es soll Leute geben, die derartige Erlebnisse mit erotischen Fantasien verbinden. Ich gehöre nicht dazu.

»Hm, da könnte irgendwas sein«, sagt meine Hausärztin und ist fertig. »Wahrscheinlich harmlos. Hämorrhoiden oder Warzen oder irgendwas. Ich kenne mich damit nicht aus, Sie brauchen sich aber keine Sorgen zu machen – vermutlich.« Dann stockt meine Hausärztin, als sei ihr gerade etwas eingefallen: »Aber doof ist es schon, gell? – Wir lassen mal 'ne Rektoskopie machen.«

2) Bei der Rektoskopie

»Hier, das müssen Sie mir noch unterschreiben.« Frau Dr. Braungart hält mir einen Zettel unter die Nase.

»Was ist das?«

»Sie bestätigen, dass ich Sie über die Risiken aufgeklärt habe.«

»Aber Sie haben mich nicht über die Risiken aufgeklärt.«

»Richtig. Kann ja auch nichts passieren ... – Legen Sie sich da hin. Auf die Seite bitte. Popo vorstrecken. Ja, so ist's gut. Wir gucken jetzt mal rein. Und jetzt: Entspannen!«

Gar nicht so einfach, sich zu entspannen, wenn man mit nacktem Arsch auf einem Blechtisch liegt, über den sich gerade eine Ärztin und eine Arzthelferin beugen, die laufend Worte von sich geben wie »tiefer«, »absaugen«, »weiter«, »noch etwas weiter vor«, »noch tiefer«.

Ein kleines endoskopisches Schläuchlein schiebt sich durch meine Innereien. Dort rumpelt und pumpelt es munter. Das Endoskop bläst laufend Luft in meine Gedärme, damit es besser gucken kann. Funktioniert vermutlich so wie diese grässlichen Laubgebläse, mit denen Hausmeister im Herbst die Schulhöfe frei pusten. Mein Bauch bläht sich jedenfalls immer mehr auf.

»Meine Hausärztin sagte, es solle nur der untere Bereich ...«

»Jaja, jetzt seien Sie mal still und entspannen sich. – Wir gehen auf dreißig Zentimeter.«

Frau Dr. Braungart klingt wie eine U-Boot-Kommandantin im Marianengraben: »Sehr schön. Wir gehen dann auf fünfunddreißig Zentimeter.« – Käpt'n Nemo im Tiefenrausch. – »Vierzig Zentimeter.« Mein Bauch ist so aufgeblasen mit Luft, dass ich fürchte, ich werde gleich vom Behandlungstisch abheben.

»Sie können ruhig mit der Hand dagegenpressen!«

Ich drücke meine Hand, so kräftig ich kann, auf meinen Blähbauch. Durch die Bauchdecke spüren meine Finger ruckartige Bewegungen dort, wo ich nie im Leben noch Darm vermutet hätte. Eher Milz oder Magen oder so was, Zwerchfell und Lunge.

»Hallo! Hallo, Frau Dr. Braungart! Wenn Sie mir in den Rachen schauen wollen, können Sie das einfacher haben.«

»Wir sind ja gleich fertig. Noch einmal die Speiseröhre,

ja, alles okay, Ihr hinterer Backenzahn ist leicht kariös. Oh, schau mal an, da ist ja schon meine Praxis ... Schwester, das Bild hängt schief.«

Prall gefüllt mit Luft entschwebe ich nach dieser Untersuchung dem Behandlungsraum. Ich fühle mich wie das Michelin-Männchen. Ich stürze auf die Toilette und breche den Weltrekord im Dauerpupsen.

Eineinhalb Stunden später: »Tja«, sagt Frau Dr. Braungart, »keine Hämorrhoiden, alles okay. Nur auf den letzten fünf Zentimetern ist irgendwas, aber ganz klein, vermutlich harmlos, aber damit kenne ich mich nicht aus ... – Ich geb Ihnen mal 'ne Überweisung zum Hautarzt. Soll der sich das mal anschauen.«

3) Beim Hautarzt

»Aha.« Dr. Flechtner studiert den Arztbrief seiner Kollegin. »Frau Dr. Braungart hat also irgendwas im Enddarm diagnostiziert. Dann schauen wir uns mal irgendwas an. Hose runter.«

Ich entwickle langsam Routine in der Schamüberwindung und beuge mich gekonnt nach vorn. Ich komme mir schon vor wie ein echter Profi.

Dr. Flechtner guckt auf meinen Po und scheint einen Moment lang hinter meinen Backen zu meditieren. »Sie können sich wieder anziehen. Ja, in der Tat, da ist wohl irgendwas. Ich verschreib Ihnen mal Zäpfchen, die lösen dann eine Autoimmunreaktion aus.« Er freut sich.

»Eine was?«

»'ne Entzündung. Sie nehmen sechs bis acht Wochen diese Zäpfchen, die Schleimhaut entzündet sich, und die befallenen Zellen werden abgestoßen. Ganz einfach.«

Dr. Flechtner juchzt vor Vergnügen.

»Die von was befallenen Zellen?«

»Na, von irgendwas, steht doch in der Überweisung.«

»Und ... könnte ich damit etwa jemanden anstecken?«

»Kommt drauf an, was es ist. Könnte sein. Also während der Behandlung besser keinen Verkehr.« Dr. Flechtner grinst beruhigend: »Aber keine Sorge, dazu haben Sie eh keine Lust. – Wegen der Schmerzen.«

4) Behandlung

In dem Beipackzettel der Zäpfchen steht, die Stellen, wo der in ihnen enthaltene Wirkstoff hinkommt, soll ich nicht direktem Sonnenlicht aussetzen. Das wird sehr schwierig.

In die Zäpfchen sind Mullbindenstreifen eingearbeitet. Sie sehen ein bisschen aus wie Tampons, finde ich. Nach Anwendung wirkt es, als hänge mir eine Zündschnur aus dem Allerwertesten. Nicht selten in den nächsten Wochen habe ich das Bedürfnis, diese Zündschnur einfach anzuzünden und Brennen mit Feuer zu bekämpfen.

Ich sammle völlig neues medizinisches Wissen über menschliche Körperfunktionen: Flatulenz kann schmerzhaft sein, wer hätte das gedacht! Soziale Ächtung, Isolation, Ohrfeigen von Mitbewohnern, ja, davon hat man schon gehört, aber ich fühle mich tief am Ende meines Innersten, als könnte ich Feuer speien. Ich bin ein Rektaldrache.

5) Beim Chirurgen

»Es ist so«, höre ich Dr. Mardas Stimme, während ich gerade auf einer Art Gynäkologenstuhl hänge, »diese Therapie, die der Kollege da angewendet hat, ist manchmal sehr erfolgreich. Manchmal bringt sie aber auch nichts. Und, wie soll ich sagen, Sie gehören offensichtlich zur *dritten* Gruppe.«

»Zur dritten Gruppe?«

»Ja genau.« Dr. Mardas Kopf taucht zwischen meinen Oberschenkeln auf. »Der Gruppe, wo dadurch alles noch viel schlimmer wird.«

6) Im Krankenhaus

Der Stationsarzt Dr. Hundt ist unglaublich auskunftsfreudig. Das Aufnahmegespräch findet statt, als ich gerade meine erste Klinikmahlzeit einnehme: Gyros mit Reis und Zaziki. Dr. Hundt setzt sich zu mir und sagt: »Lassen Sie es sich schmecken. Wir sollen Ihnen also irgendwas im Analbereich entfernen.«

»Könnten Sie's vielleicht lateinisch ausdrücken?« Hochrot schiele ich zu Marcus, meinem Bettnachbarn. Er scheint gerade sehr neugierig zuzuhören. »Keene Sorge«, sagt Dr. Hundt und zeigt auf Marcus, »der hat ditselbe.« Mein Bettnachbar winkt schüchtern herüber. Das also ist Datenschutz für Kassenpatienten.

Dr. Hundt erklärt mir in allen Einzelheiten die bevorstehende Operation. Dabei schaut er so intensiv auf mein Gyros, als habe er vor, das Geschehen in meinem Enddarm gleich auf meinem Teller nachzustellen. Als ich später das halb aufgegessene Gyros von mir schiebe, ahne ich nicht, dass dies meine letzte Mahlzeit für achtundzwanzig Stunden ist.

Da das Eis zwischen Marcus und mir gebrochen ist, fachsimpeln wir ab jetzt vertrauensvoll über unsere Enddärme und führen uns unsere Klinikreizwäsche vor. Weiße Thrombosestrümpfe, die bis zu den Oberschenkeln reichen und von Marcus direkt »Strapse« getauft werden, sowie ebenfalls weiße, sehr transparente Netzhöschen, die dazu dienen, Verbandsauflagen an Ort und Stelle zu halten. Sie fühlen sich peinlich an, aber ich muss gestehen, dass Marcus darin sehr sexy aussieht. Ich bekomme noch große, weiche Wundauflagen dazu. »Surfbretter« nennen sie die Schwestern, und ein bisschen sehen sie auch so aus. Sexy sind sie leider gar nicht.

7) Im OP

»Guten Tag, mein Name ist Dr. Weck, ich bin Ihre Anästhesis—«

8) Im Krankenhaus (Fortsetzung)

Meine OP ist gut verlaufen. Alles heilt schnell. Der einzige kritische Punkt, heißt es, sei der erste Stuhlgang danach. »Und hatten Sie schon Stuhlgang?«, fragt Dr. Hundt beim Frühstück am nächsten Tag. »Und hatten Sie jetzt schon Stuhlgang?«, fragt Dr. Hundt beim Mittagessen. »Haben Sie schon? Konnten Sie schon? Mussten Sie endlich?«, fragen die Schwestern alle halbe Stunde. »Jaja, der Stuhlgang, kommt er heut nicht, kommt er morgen«, ruft die polnische Hilfsschwester laut über den Flur über spielende Kinder und ihre Eltern hinweg. Selbst meine Besucher und Anrufer fragen als Erstes besorgt: »Und? Wie war der erste Stuhlgang?« Als Marcus am Tag nach meiner OP entlassen wird, wünscht er mir ein schönes weiteres Leben und für den ersten Stuhlgang alles Gute.

9) In der Apotheke

Nach meiner Entlassung muss ich mir Verbandsmaterial kaufen. In der Apotheke um die Ecke stehe ich in der Schlange und erbitte dann Mullauflagen und »Surfbretter«.

»Was meinen Sie? Und wieso sprechen Sie so betont leise?«

»Die Schwestern im Krankenhaus nannten die so. So größere, längliche Wundauflagen, die machen, dass die Betaisodona-Salbe nicht alles vollsuppt.«

»Ach so, die meinen Sie«, die Apothekerin ruft nach hinten: »Astrid, verkaufen wir auch einzelne Inkontinenzeinlagen?«

10) Selbstmedikation

Eine Schwester hat mir 20 ml Novalgin-Tropfen in eine kleine Plastikspritze abgefüllt, Schmerzmittel für den ersten Stuhlgang und so. 10 ml sind eine Dosis. Ich stehe im Bad, richte das Ende der Spritze auf einen großen Löffel und drücke. Die Spritze geht schwer, ich erhöhe den Druck, und flipsch! tut die Spritze das, was sie tun soll: Sie spritzt. Ich schaue auf den Löffel: Da ist kein Schmerzmittel. Das ist auf dem Spiegel. Und auf der Waschmaschine. Und auf den Kacheln. In der Spritze ist fast nichts mehr. Ich lecke den Löffel trotzdem ab. Wo ist der Rest vom kostbaren Nass? Ein besonders großer Tropfen hängt am Spiegel, schnell nehme ich die Spritze, sauge ihn weg und lecke den Rest mit meiner Zunge auf: 1,5 ml. Jetzt muss ich nur noch 8½ ml andernorts im Bad finden. Ich sauge mehrere kleine Tröpfchen aus dem Waschbecken, danach lecke ich die Waschmaschine ab. Viele kleine Tröpfchen, langsam müsste ich bei 7 ml sein, und ein paar Staubflocken. Egal, sollte ich davon Bauchschmerzen bekommen, werde ich sie nicht spüren – vorausgesetzt, es gelingt mir noch, die fehlenden 3 ml irgendwo aufzusaugen. Wo ist das ganze Zeug bloß hin? In der Spritze selbst sind nur noch Luftbubbel. Ich erinnere mich der Prozedur, welche die Krankenschwestern immer machten, bevor sie zupieksten. Ich halte die Spritze also hoch, schnippe mit den Fingerkuppen ein paar gekonnte Male ans Plastik und will dann die Luft aus der Spritze drücken. Die verkantet aber wieder, und – flipsch! – hängen die letzten 3 ml Novalgin unter der Badezimmerdecke.

Die nächste halbe Stunde verbringe ich mit herausgestreckter Zunge unter dem Tropfen und warte. Vergebens. Dann klettere ich auf meine Waschmaschine, stelle mich daselbst auf die Zehenspitzen, halte mich an der Wäschespinne an der Wand fest, sauge mit der Spritze die letzten Tropfen Schmerzmittel von der Raufasertapete und spritze sie mir direkt auf die Zunge. Bingo! 10 ml!

In diesem Moment fällt mein Blick aus dem Fenster. Im Innenhof sehe ich den Punk aus dem Hinterhaus und die Oma aus dem vierten Stock neugierig an ihren Scheiben kleben. Ich male mir aus, was sie gerade sehen: In einem hell erleuchteten Badezimmer steht ein junger Mann mit leichtem Übergewicht nackt bis auf ein weißes Netzhöschen, in welchem hinten eine mit Jodsalbe bekleckste Inkontinenzeinlage steckt, auf einer Waschmaschine und steckt sich eine Spritze in den Mund.

Ich beende die Vorstellung, indem ich vor Schreck und Scham das Gleichgewicht verliere und lang hinschlage. Eine Platzwunde auf meiner Stirn blutet, aber die Schmerzen lassen schon bald nach.

Bei Ärzten II

»Sag mal, wieso werden Menschen eigentlich Proktologen?«, fragte mich ein Freund kürzlich, als wir feststellten, denselben Facharzt zu kennen und für sehr nett befunden zu haben. Ich versuchte, eine realistische Antwort zu geben: dass jedes Fachstudium wie eine Zentrifuge funktioniert. Man bindet sich an ein Studienfach, wird während der Semester einmal rund durch alle Themengebiete geschleudert, irgendwann löst sich das Band zur Uni, und Fliehkraft, Schwerkraft, Praktika, Projekte und Kollegen katapultieren einen plötzlich an die seltsamsten Stellen. Ich selbst wollte mal Philosophie- und Deutschlehrer werden und verließ die Universität als Linguist und Schriftsteller. Und so findet sich der fleißige, motivierte Medizinstudent mit einem Mal ganz am Ende der Nahrungskette wieder.

Ich will nicht ins Detail gehen, wieso ich Dr. Marder mal wieder aufsuchte. Nur so viel: Das Detail tat weh. Nach der Untersuchung schaute er mich erwartungsvoll an: »Und dann würde ich Ihnen gerne noch eine Salbe verschreiben. Darf ich?«

Darf ich Ihnen mal ein Medikament verschreiben? Was war denn das für eine komische Frage? Mussten Ärzte inzwischen auch einen Knigge'schen Eid schwören?

»Verzeihung, der Herr, Ihnen spritzt da gerade etwas Blut aus der Schlagader. Dürfte ich so freundlich sein, Ihnen einen Druckverband anzulegen, aber nur wenn's grad genehm ist? ... Ja? ... Sehr wohl, der Herr, aber wie heißt das Zauberwort mit den fünf Buchstaben? ... Nein, ›Röchl‹ ist falsch.«

»Es ist eine wirklich *gute* Salbe!«

Dr. Marder guckte gerade ein bisschen so wie ein Priester beim Abendmahl: »Nehmet hin und schmiert, dies ist meine Salbe, kein Schmerz wird mehr sein und kein Leid. Auf dass es euch ein Wohlgefallen sei und ihr wieder sitzen könnt auf Erden ...«

»Wo ist das Problem?«

»Die Salbe müssen Sie selber zahlen.«

»Wieso?«

»Die zahlt die Krankenkasse nicht.«

»Ja, aber wieso?«

»Weil es ein Kombipräparat ist.«

»Bitte?«

»Es enthält zwei Wirkstoffe.«

»Aha.«

»Der eine hilft gegen die Entzündung, der andere nimmt die Schmerzen weg.«

»Ja und?«

»Deshalb zahlt die Krankenkasse das nicht.«

»Was?«

»Deshalb zahlt die Krankenkasse das nicht.«

»Was?«

»Deshalb zahlt die Krankenkasse das nicht.«

Dr. Marder guckte, als würde die Wiederholung die Erklärung irgendwie besser machen.

»Deshalb zahlt die Krankenkasse das nicht?«

»Genau! Weil es zwei Wirkstoffe sind!«

»Aber ich hab ’ne Entzündung, die schmerzt, die Salbe hilft gegen Entzündungen und Schmerzen, und deshalb zahlt die Krankenkasse sie nicht?«

»Ja, weil es zwei Wirkstoffe sind!«

Dr. Marder und ich guckten uns an. Er mit einem Ausdruck hilflosen Bedauerns, ich mit einem Ausdruck bedauernder Hilflosigkeit. Irgendwo im Gesundheitswesen gibt es offenbar Strategen, die der Auffassung sind, man kann nur *eine* Sache haben und dagegen darf nur *ein* Wirkstoff helfen. Da diese Salbe nun gegen Entzündungen wirkt *und* gegen Schmerzen, könnte ja ein Arzt auf die Idee kommen, jemandem eine Rektalsalbe gegen Migräne zu verschreiben. Und dann wäre der Wirkstoff gegen Entzündungen für’n Arsch gewesen, beziehungsweise dort nie angekommen. »Herr im Himmel, lass Hirn aufs Gesundheitssystem regnen!«, betete ich innerlich und korrigierte mich: »Nein, Herr im Himmel, schlage sie alle mit schmerzenden Entzündungen!«

Dr. Marder unterbrach mich in meinen Verwünschungsfantasien: »Sie nehmen also diese Salbe, jeweils einmal morgens, einmal abends und einmal nach dem Stuhlgang.«

»Okeee.«

»Und bitte kein Toilettenpapier benutzen in der nächsten Zeit.«

»Wie bitte?«

»Kein Toilettenpapier. Am besten Sie duschen danach einfach.«

»Duschen?«

»Genau. Mit lauwarmem Wasser einfach abduschen. Und danach bitte nicht mit dem Frotteehandtuch drüberrubbeln.«

»Nicht abtrocknen?«

»Haben Sie einen Föhn?«

»Was?!«

»Ich fragte, haben Sie einen Föhn?« Dr. Marder schaute mich neugierig an. Sah ich da ein Grinsen?

»Öhm, ja klar.«

»Dann nach dem Duschen einfach einen Moment trocken föhnen, aber nicht zu heiß. Wir wollen ja keine Brandverletzungen!«

Was fragte er als Nächstes? »Haben Sie einen Staubwedel?« Dann könnte ich, statt zu duschen, gleich föhnen und danach einfach abstauben!

»Einfach«. Gleich zweimal hatte Dr. Marder dieses Wort gebraucht. Nichts einfacher als das, sich »danach« zu duschen und trocken zu föhnen. Langsam kam mir eine weitere Idee, wieso man Proktologe wird: In kaum einem anderen Job hat man mehr Freude mit den Schamgefühlen fremder Menschen.

Als Schriftsteller arbeite ich zu Hause, konnte also noch in aller Ruhe mit meiner Selbstachtung ausdiskutieren, inwieweit wir dieses entwürdigende Dusch-Föhn-Spielchen mitspielen wollten, aber wie ergeht es anderen Betroffenen?

Kalle Bohrer ist 57, Betongießer auf'm Bau und lebt in Berlin-Wedding. Wochenlang hatte es gejuckt und geschmerzt, und er hatte sich viel Mühe gegeben, sich nicht allzu auffällig zu kratzen. Doch dann hielt Kalle Bohrer es nicht mehr aus. Er beaufsichtigte gerade, wie Spannbeton in die Verschalungen floss, und sein Po brannte, als binde nicht der Beton, sondern sein Gesäß ab. Kalle kratzte sich, drückte den harten Stoff des Blaumanns in seine Kimme und rieb und rieb und kratzte, bis er merkte, dass hinter ihm die ersten Kollegen lauthals kicherten: »He Kalle, sind det noch Hämorhoiden, oder ist det schon Selbstbefriedijung?« – »Ey, wer Bohrer heißt, muss auch ordentlich bohren, wa?«

Das war zu viel, Kalle besorgte sich einen Termin bei Dr. Marder. Er war schon lange bei keiner Vorsorgeuntersuchung gewesen. Womöglich hatte er Arschkrebs! Seine Schwester hatte mal Brustkrebs gehabt, eine Brust hatte man ihr abgenommen. Womöglich würde man ihm eine Pobacke abnehmen müssen! Oder beide!

Dr. Marder beruhigte ihn: nur eine klitzekleine Entzündung, gegen die eine winzige Tube Salbe half, so ernst konnte es also gar nicht sein. Aber dann dieser ärztliche Rat: Duschen danach und trocken föhnen. Wie sollt' er denn dit machen? Dieser Doktor schien davon auszugehen, dass man die Sache mit dem Stuhlgang jeden Morgen nach dem Frühstück erledigte. Was ja ooch stimmte! Kalle Bohrers Schicht begann um sieben, er frühstückte aufm Bau. Seine Frau schmierte ihm dafür zwei Stullen, packte 'ne Bulette dazu, er trank dazu Kaffee aus der Thermoskanne und ging aufs Dixi-Klo. Mit der *Bild*-Zeitung. So machte er es seit knapp vierzig Jahren.

Dixi-Klos haben keine Dusche. Nicht mal fließend Wasser. Auch keinen Stromanschluss für einen Föhn. Was seine Kollegen sagen würden, wenn er mit einer abgewickelten Kabeltrommel im Dixi-Klo verschwände? Ob sie an der Tür lauschten und dann das verräterische Brummen des Föhns hören würden? Wwwüüüüüüüü. Neee, da wäre er am Bau unten durch! Oder gab es schon batteriebetriebene Föhns? Föhne? Föhni? Er wusste noch nicht einmal, wie die verdammten Dinger in der Mehrzahl hießen! Er hatte keinen

Föhn. Wieso auch? Er hatte nicht mal Haare. Seine Frau besaß einen Föhn. »Schatz? Rita? Ick nehm heut mal deinen Fön mit uffen Bau, is dit okee?« Nee, das ging auch nicht.

Sie hatten auch irgendwo ein großes Gebläse auf der Baustelle. Das machte aber einen Heidenlärm! Und davor konnte er sich auch schlecht mit nacktem Hintern aufstellen! Schließlich bauten sie hier die BND-Zentrale. Überall Kameras. Und mit 58 den Job zu verlieren, weil er auf der Baustelle der BND-Zentrale sein Ärgernis öffentlich vor die Windmaschine hielt? Bloß das nicht! Und das Problem mit der Dusche wär' ja immer noch nicht gelöst.

Sollte er bei den Nachbarn an der Chausseestraße klingeln? »Entschuldijung, darf ick mal kurz ihr WC benutzen? Ick bau da drüben die BND-Zentrale und muss ma' groß. Und sagense mal: Hamse vielleicht ooch'n Föhn?«

Nein. Kalle Bohrer sah nur eine Chance: Er würde es sich verkneifen müssen. Am besten aß er auf der Baustelle nichts mehr und trank auch möglichst wenig. Wenn oben nichts rinkommt, kann unten ooch nix rauskommen: keen Stuhlgang, keene Dusche, keen Föhn, alles paletti!

Fünf Tage später fand man Kalle Bohrer tot im frisch gegossenen Beton. Die Obduktion stellte nur drei körperliche Mankos fest: akute Entkräftung, Flüssigkeitsmangel und eine leichte Entzündung am After. Einen Zusammenhang stellte die Gerichtsmedizinerin nicht her.

Notizen vom Nacktbadestrand

14:50 Uhr: Ich erreiche die kleine Nacktbadestelle am Flughafensee. Sie ist gut gefüllt. Ich suche mir einen Platz auf der Sandböschung, breite mein Handtuch aus und entblättere mich.

14:55 Uhr: Ich schaue mich um. Bestandsaufnahme. Offensichtlich viele Stammgäste, zahlreiche betagte Herrschaften mit dem tiefbraunen Teint abgetragener Lederslipper. Ihre Haut hat derart viel Sonne abbekommen, dass sie so trocken ist, dass jede Hautkrebszelle – hoffnungsfroh angelockt durch all die *Apotheken Umschau*-Warnungen, zu viel Sonne mache Krebs – hier unweigerlich verdursten muss.

Tagein, tagaus liegen die Stammgäste hier. Vielleicht lagen sie schon in ihrer Jugend nackt in ihren Schrebergärten, dann kam der Flughafen Tegel, man hat den Flughafensee gebuddelt, und seitdem liegen sie halt nackt am See, wer weiß. Die Stammgäste sind da, wenn man kommt, sie sind da, wenn man geht.

Es gab mal eine Science-Fiction-Serie aus den frühen Neunzigern, *Earth II* hieß sie, da siedelten interplanetarische Auswanderer auf einem vermeintlich unbewohnten erdähnlichen Planeten. Aber es lebten dort Wesen, vulkanaschefarbene, schweigsame humanoide Lebensformen, allerdings unter der Erde, und sie waren in der Lage, blitzartig aus dem Sandboden hervorzuschießen. *Tsa-wuschsch,* machte es, und plötzlich standen sie vor den Siedlern und machten »Buh!«.

So ähnlich stelle ich mir die Existenz der Stammgäste vor. Morgens, sobald die Sonne ihre ersten warmen Strahlen auf dem Sand ausstreckt, macht es *tsa-wuschsch* – und die Alten fahren aus dem Sand raus und legen sich hin. Dann macht es noch mal leise *tsi-wischsch* – und ein Rätselheft fährt aus dem Sand hoch und schlägt sich auf.

Die Stammgäste kennen sich untereinander. Sie sind es, die für Ordnung sorgen an der Badestelle und den Müll einsammeln, Hausmeister des Nudismus. Einschreiten müssen sie selten. Es ist meist angenehm still an Nacktbadestränden. Affiges Gegröle von Männern gibt es hier nicht. Denn wer sich aufspielt, weiß, dass alle Theorien zu Motiven männlichen Imponiergehabes mit einem Blick überprüfbar sind.

15:40 Uhr: Das Liegen am Hang ist einerseits ganz angenehm, es hat aber auch praktische Nachteile. Man rutscht immer ein wenig weiter runter. Ein Frotteehandtuch kann auf Sand ähnliche physikalische Eigenschaften wie ein Surfbrett auf einer Welle entwickeln, nur langsamer. Mit dem wahnwitzigen Tempo von knapp 0,1 Stundenmetern surfe ich auf meinem Handtuch den Hang hinab.

Zweiter Nachteil der Hanglage ist, dass man manchmal Ausblicke erhält, die man gar nicht haben möchte. Auf dem Handtuch über mir hat sich eine Frau ausgebreitet. Leider so richtig. Das Zentrum dieser Ausbreitung ist glatt rasiert. Ich bekomme Aus- und Einblicke, die einem homosexuellen Mann kein Wohlbehagen bereiten. So also hat man sich das vorzustellen. Jetzt hab ich auch mal eine Klitoris gesehen. Bekommt man als Schwuler ja eher selten zu Gesicht.

Klitoris. Wie das klingt. Könnte auch eine Balkonpflanze sein. Geranien, Iris, Tagetis, Klitoris.

15:41 Uhr: Gucke doch lieber woanders hin. Neben mir liegt plötzlich ein wild gemusterter Teppich mit in sich verschlungenen schwarz-grün-roten Ornamenten aus den tiefsten Siebzigerjahren. Plötzlich bewegt sich der Teppich. Ach so, ist nur ein tätowierter Rücken.

So ändern sich die Zeiten. Lagen in den Siebzigern noch blassrosa Menschen auf wild gemusterten Handtüchern, liegen heute wild gemusterte Menschen auf monochromer Frottierware von IKEA.

Ich betrachte das Tattoo wie bei diesen Aufgaben in Kinderrätselheften, »Welcher der fünf Fäden führt von A nach B?«, verheddere mich aber immer wieder in einem Ornament zwischen den Schulterblättern.

15:50 Uhr: Sonnenbrillen sind praktisch. Man kann still und in aller Ruhe Tattoos studieren oder Leute beobachten, ohne dass die es mitbekommen. Meine Sonnenbrille ist mir peinlich. Ich hab sie mir mal für fünf Euro für eine *Brauseboys*-Aktion gekauft, und ich trage sie nur, weil meine andere Sonnenbrille kaputt ist. Sie ist groß und gewölbt und steht irgendwie überall über. Immerhin hat sie kein Neongestell. Andererseits sind wir am Nacktbadestrand, hier ist nichts peinlich. Einige Herrschaften tragen noch viel unansehnlichere Wölbungen mit sich herum.

16:10 Uhr: »Ey, zieht euch mal was an, das ist ja widerlich, was man da sieht!«

Dass es in Berlin tatsächlich noch Menschen gibt, auf die

Nacktheit provozierend wirkt, finde ich fast schon wieder drollig. Ein paar Jugendliche ohne Migrationshintergrund, vermutlich sogar komplett ohne Hintergrund, pöbeln vom Weg runter.

Der Tattoo-Mann ruft zurück: »Haltet mal den Mund, das ist ja widerlich, was da rauskommt.«

Ich denke: Ui ui ui, jetzt gibt's Ärger. Als Nächstes wird ein Kampfhund die Böschung runterspringen und versuchen, das Muster vom Teppich abzukauen. Stattdessen kurz Stille, dann von oben: »Ey, das ham wir jetzt nicht verstanden.«

16:35 Uhr: Die älteren Stammgäste haben Rätselhefte oder liegen wie tot im Sand – vielleicht, um sich schon mal an dieses Gefühl zu gewöhnen. Andere hören Musik aus Kopfhörern oder schreiben – wie ich oder der Mann neben mir. Was schreibt er? Ich schiele rüber. »Psalm 85« steht als Überschrift. Darunter fleißig Notizen. Schau an, offenbar ein Pfarrer hier am Nacktbadestrand, der seine nächste Predigt vorbereitet. Ob seine Gemeindeglieder ihn schon hier so angetroffen haben? Hätte ich damals meinen Pastor nackt sehen wollen? Wie begegnet man seinem Pfarrer, wenn man weiß, dass sein Hintern behaart ist wie ein Yeti und Gott der Herr ihn nicht nur an Haaren gut ausgestattet hat?

Psalm 85 muss er beackern. Eine flehende Bitte an Gott, von seiner Ungnade abzulassen: *»Willst du denn ewiglich über uns zürnen und deinen Zorn gehen lassen immer für und für? Willst du uns denn nicht wieder erquicken, dass sich dein Volk über dir freuen möge? Herr, erzeige uns deine Gnade, und hilf uns!«* – Genau die richtige Lektüre für einen entspannten Nachmittag am Nacktbadestrand.

16:47 Uhr: Zwei Handtücher weiter, zur Rechten des Pfarrers, hat Gott der Herr plötzlich einen lockigen Adonis hingelegt: schlank, drahtig, aber nicht unmuskulös, Mitte zwanzig, lange, dunkelblonde Locken – ein holder Jüngling, bildschön und makellos wie aus einem feuchten Traum von Thomas Mann entsprungen. Bin plötzlich sehr glücklich über meine riesige verspiegelte Sonnenbrille. Der Adonis schaut versonnen in ein Buch.

16:56 Uhr: Neben mir nimmt gerade ein Nackter Mitte vierzig erst ein Handygespräch entgegen und dann eine Bestellung über zwanzig Quadratmeter Rollrasen. »Schicken Sie mir das noch mal per E-Mail? Ich bin gerade nicht am Platz«, benmüht er sich, eine geschäftsmäßige Atmosphäre herzustellen, in die zwei Kinder laut hineinplatschen, die gerade Arschbombe üben. »Ja, ich bin gerade aushäusig«, versucht er, sich zu retten.

17:24 Uhr: Die Schönheit des Adonis strahlt mich weiterhin an. Dann fällt mir auf, dass sie so strahlt, weil ich ihn die ganze Zeit über die getönten Gläser meiner Sonnenbrille hinweg anglotze. Überdies fällt mir auf, dass der Adonis gar nicht mehr in sein Buch guckt, sondern grimmig darüber hinweg, zu mir. Gott sei Dank ist meine Sonnenbrille so groß, dass sie den größten Teil der Röte in meinem Gesicht abdeckt.

18:10 Uhr: Erste Baumkronen schieben sich vor die Sonne. Die Schatten werden länger. Jetzt merke ich, dass all die Stammgäste die sonnensichersten Flecken an der Böschung belegt haben.

Ein Handy klingelt. Offenbar das des Pfarrers, der gerade im Wasser ist. Wer sonst sollte hier am Nacktbadestrand eine Ruftonmelodie von Paul Gerhardt haben? Ob es da spezielle Downloadportale gibt? *»Das Zimbel Klingelton-Abo. Wähle 0900-8888-1 für ›Urbi et Orbi‹ featuring Pope Francis, 8888-2 für ›Herr, deine Liebe ist wie Gras und Ufer‹ im polyphonen Midisound und 8888-3 für den ›Best-of-Paul-Gerhardt-Remix‹. Zimbel.de – und Gott klingelt auch bei dir.«*

18:21 Uhr: Ich ziehe mich an und packe meine Sachen. Der Pfarrer mit dem haarigen Po schwimmt noch immer. Sein Handy klingelt wieder. Ich verlasse den Nacktbadestrand. Was für ein schöner Nachmittag, denke ich, und das Handy des Yeti-Priesters singt dazu, immer leiser werdend: *»Die güld'ne Sonne voll Freud und Wonne ...«*

Der Sackmann

Ich bin überhaupt nicht prüde und weiß, dass der sexuellen Fantasie keine Grenzen gesetzt sind. Das ist wie mit dem Universum und der menschlichen Dummheit. Beides hielt Einstein, wie man weiß, für unendlich, allerdings war er sich beim Universum nicht ganz sicher. Ich glaube, mit der sexuellen Fantasie verhält es sich ähnlich wie mit der menschlichen Dummheit. Sie ist ebenfalls grenzenlos und folgt ähnlichen Regeln: Davon zeugen jährlich Hunderte schwerverletzte Männer und ihre gescheiterten Versuche, laufende Staubsauger zu begatten.

Ich persönlich mag es einfach nicht, wenn Menschen ihre Körper baulich verändern. Ich finde Silikonimplantate in Brüsten, Lippen und anderen Körperteilen albern. Ich habe im Internet Bilder von Männern gesehen, die ihre Harnröhren mittels Klinikbesteck künstlich erweitern. Das sieht genauso eklig aus, wie Sie es sich gerade vorstellen. Aber bitte, wer's mag, und solange die Herrschaften das nur im Internet machen und ich sie wegklicken kann, sollen sie das machen.

Und natürlich ignoriere ich alle E-Mails zum »penis enlargement«, auch wenn ich, wie wohl jeder Junge zwischen zwölf und zweiundneunzig, selbstredend schon einmal den Gedanken gedacht habe: »Och, ein bisschen mehr könnt's schon sein.«

Genau das hat sich offenbar auch der Mann auf dem Handtuch nebenan gedacht. Wir befinden uns im Strandbad

Wannsee, im hinteren Teil des FKK-Bereichs, dort, wo sich im Sommer viele Schwule tummeln. Besagter Herr hat sich wohl auch gesagt, es könne ein bisschen mehr sein, allerdings muss zuvor eine Mail mit der Betreffzeile »scrotum enlargement« seinen Spamfilter passiert haben. Jedenfalls ist der Herr zur Tat geschritten, sprich er hat zur Spritze gegriffen und seinen Hodensack mit Kochsalzlösung aufgefüllt.

[Einschub:]

Ja, das geht wirklich. Ich zitiere aus dem digitalen Lexikon der internationalen Hardcorepornografie (besser bekannt als Wikipedia): *»Bei einer Hodensackinfusion wird sterile isotone Kochsalzlösung langsam in den Hodensack des Mannes infundiert. Dies führt zu einem geschwollenen, schwer hängenden Hodensack, was bei entsprechenden Vorlieben als erotisch empfunden wird.«*

[Einschub Ende.]

Malen wir uns lieber nicht weiter aus, wie das geht, werfen wir einen Blick aufs fertige Gemälde: Der Mann trug ein Gemächt, das mehr nach Geschwür aussah. Ein Skrotum in Kindskopfgröße, ähnlich gerötet, ähnlich wenig Haare. Und wenn sich der Mann auf den Bauch legte, sah es tatsächlich so aus, als presse sich da gerade ein Neugeborenes aus seinem Schritt hervor.

Das hier war kein Piepmatz zwischen den Beinen, hier nistete ein Truthahn zwischen den Schenkeln. Das sah so lächerlich aus, wie es klingt, denn auf der prall gemästeten, puterroten Truthahnbrust thronte ein vergleichsweise kleiner Penis wie ein gerupfter Truthahnhals.

Kein Zweifel, dieser Mann da stand darauf, einen auf dicke Eier zu machen. Deshalb hatte er sie extra mit einem weithin sichtbaren Cockring abgebunden. Meinetwegen. Wer's mag, mit Straußeneiern rumzulaufen, soll das tun. Aber meines Erachtens soll er dann lieber einen auf dicke Hose machen, an einem öffentlichen Nacktbadestrand hat eine solche Genitalinstallation nichts verloren.

Doch der Herr lag nicht nur in der Sonne, er sonnte sich auch in den Blicken der Umgebung. Es war wie die altbekannte Geschichte vom Unfall auf der Autobahn: Schrecklich, aber man muss einfach hinsehen. Mit dem Unterschied, dass in diesem Fall das Unfallopfer noch einmal fröhlich in die Kamera winkt und jemanden grüßen will.

Der Herr genoss es, dass ihn alle anstarrten, und sein Freund, der war nämlich auch dabei, machte alle halbe Stunde ein Foto von Schwanz und Presssack.

Ich allerdings fragte mich die ganze Zeit: Was denken wohl die beiden Kinder im Strandkorb nebenan? Die Eltern hatten den Korb wohlweislich von dem Sackmann weggedreht, aber zwei Jungs zwischen drei und vier Jahren sprangen trotzdem immer wieder drum herum. Was sagen Eltern in so einem Fall, wenn die Kinder fragen: »Papa, was hat der Mann da unter seinem Pipimann?« Wissen heterosexuelle Elternteile eigentlich um solche sexuellen Spielarten? Oder sagen Eltern einfach: »Och, das ist einfach so, Maximilian-Horst, das ist wie mit dem Pipimann, da gibt's große und kleine, dicke und dünne. Sieh mal, dein Papa hat auch einen viel kleineren als zum Beispiel der Ralf, mit dem Mama immer Tennis spielt.«

Im besten Fall hat die Mutter ihren Kindern erklärt, dass der Herr eine böse Krankheit hat. »Guck da nicht so hin,

Pascal-Theophanes, der Mann da ist ganz schlimm krank und geht bald tot.«

Wie weit darf man die Öffentlichkeit eigentlich mit seinen persönlichen sexuellen Perversiönchen behelligen? Wo endet die Toleranz?

Ich habe an Nacktbadestränden auch schon Frauen mit offensichtlichen Brustimplantaten gesehen. Und im Grunde hat der Mann hier nichts anderes getan, als seinen Hodensack auf Körbchengröße Doppel-G aufzublasen.

Andererseits gibt es Berichte über Frauen, denen zu große Implantate zum Verhängnis geworden sind, weil sie an deren Gewicht erstickt sind. Insgeheim erwartete ich an diesem Nachmittag ein ähnliches Unglück. Der Hodensack sah schließlich aus wie ein Luftballon mit dem Penis als Zipfel zum Aufblasen. Den ganzen Nachmittag wartete ich auf den erlösenden Knall. Luftballone platzen in der Sonne ja gerne mal. Nicht auszudenken, so ein Ballon risse ab! Plötzlich flatterte ein herrenloser Hodensack durch die Luft ... Doch nichts von alledem passierte.

Im Nachhinein hoffe ich, dass dem Hodensack des Mannes das geschah, was an besagtem Nachmittag meinen Schultern passiert ist. Hoffentlich hatte er darauf einen amtlichen Sonnenbrand.

Der Eisbär kotzt*

Göttingen, Sonntagnachmittag. Vier Poeten im Whirlpool.

Nein, das ist schon falsch. Göttingen stimmt, Whirlpool ebenfalls. Es ist Sonntagnachmittag, das stimmt auch, und der Veranstalter hat uns hier an der Therme abgesetzt. Wir haben die Saunalandschaft geentert und sitzen im Whirlpool. Aber wir sind nicht vier Poeten, sondern, hier muss man korrekt gendern, zwei Poetinnen und zwei Poeten.

Der Poetenkollege ist jung und heterosexuell, ich bin alt und homosexuell, die junge Poetin sehr jung und bisexuell, und die Poetin, um die es hier gehen soll, ist heterosexuell und irgendwo in den frühen Zwanzigern. Nennen wir sie einfach »die Lettin«, weil sie eine formidable Lettin abgibt. Sie rollt das »r«, wie es im Süden von Lettland so typisch ist, ihre morbide Grundeinstellung zum Leben, die Neigung zum respektlosen Rigaer Schmäh – sie ist Lettin, wie sie im Buche steht.

Ferner spielen noch mit: ein Pinguin und ein Eisbär, die sich grafisch in dieser Göttinger Therme begegnen, wiewohl sie sich geografisch nie über den Weg laufen würden. Der Pinguin ist das Maskottchen des Bades, das uns in niedlichen Piktogrammen erklärt, wie man duscht und sau-

* Ich werde in diesem Text eine Idee von Douglas Adams aus »Die Letzten ihrer Art« ~~klauen~~ adaptieren, denn es ist eine geniale Idee, wenn man nationale Stereotypen umgehen möchte. Ich entschuldige mich bei Douglas Adams. Und bei Lettland.

niert. Ein Pinguin in der Sauna. Auf solche Ideen können auch nur deutsche Grafiker kommen. Ein bisschen sieht der Pinguin aus wie von Uli Stein*. Der Eisbär ist hingegen nur ein Eisbärkopf, dafür fast lebensgroß, und es ist der Kopf der Eismaschine. Klingt komisch, ist es aber auch.

Wie in vielen Saunalandschaften gibt es ein kleines Bassin, aus dem man sich Eis greifen kann zum Einreiben. Hinter der Wand ist eine Eismaschine verborgen, aus einem Rohr fällt das Eis dann ins Bassin. Hier hat man das Rohr allerdings geschickt versteckt. In regelmäßigen Intervallen fällt daher dem Eisbär eine Ladung Eis aus der Schnute. Das sieht aus, als kotze er. Anschließend sabbert er noch 'ne Minute lang kleinere Bröckchen hinterher. Dann ist Pause bis zum nächsten Schwall Eiskotze. Wenn es nicht Eis wäre, wäre es ekelhaft. Obwohl: Eigentlich ist es auch so ekelhaft.

Letzter Akteur unseres Kammerspiels im Whirlpool ist ein dicker Mann. Wir sitzen nämlich nicht allein im Whirlpool. Der dicke Mann sitzt dort so unbewegt wie der Eisbärkopf an der Wand. Mit dem Unterschied, dass er nicht alle fünf Minuten Crushed Ice hervorwürgt.

Wir machen das, was man in Whirlpools halt so macht: drinsitzen und aufquellen, bis unsere Finger Falten werfen und die Konsistenz faulender Feigen annehmen. Währenddessen unterhalten wir uns über Sex. Nein, auch das ist falsch. Korrekterweise müsste man sagen: Die Lettin unterhält uns über Sex. Sie doziert von der Verklemmtheit ihrer

---

* Für die jüngeren Leserinnen und Leser: Uli Stein ist der Cartoonist, den Deutsche lustig fanden, bevor Ralph Ruthe und Joscha Sauer zeigten, wie Humor wirklich funktioniert.

Nation, nicht zufällig sei in Lettland die Psychoanalyse erfunden worden, wie wir es beispielsweise mit Analverkehr hielten.

Die junge Poetin schüttelt erschrocken den Kopf, der Poet antwortet freimütig, ja, mit einer Freundin, sie hätten schon, aber mit der aktuellen, nee, noch nicht. Mich fragt man erst gar nicht. Der dicke Mann schweigt.

Sie hätt's natürlich schon, sagt die Lettin. Oft und mit Lust. Eine Zeit lang hätte sie es sogar abwechselnd mit zwei Typen getrieben, aber mit dem einen hätt' sie's nur so-, mit dem anderen nur andersrum gemacht.

Der Blick der jungen Poetin flattert panisch. In einer Art Übersprungreaktion steckt sie den Kopf ins blubbernde Wasser. Der Kollege und ich entscheiden uns für freundlich hysterisches Lachen. Der dicke Mann schweigt. Vielleicht ist er wie der Eisbär aus Beton gegossen. Vielleicht ist er nur Kunst am Bau.

Die junge Poetin taucht wieder auf.

»Wos hast'n?«, fragt die Lettin. So hätt' halt jeder der beiden Liebhaber seine eigene Körperöffnung gehabt, das hätt' sie »goanz patent g'funden«.

»Heeheheeee«, macht die junge Poetin und taucht wieder ab. Der dicke Mann schweigt.

Nee, sie fänd' das alles »högst interessoaaant«, sagt die Lettin mit unverkennbar lettischem Akzent. Körperöffnungen müsse man doch erkunden. Darin liege doch der Reiz ebenjener, sagt die Lettin. Nur mal theoretisch gesprochen: Wenn sie ein Mann wäre, also über ein langes, stabförmiges Sexualorgan verfügen tät, sagt die Lettin, dann würde sie das doch auch überall reinstecken.

Die junge Poetin taucht auf und japst ein wenig, der Kollege und ich schauen uns fragend an, denn wir ahnen: Da kommt noch was. Der dicke Mann schweigt.

Nur mal angenommen, fährt die Lettin fort, sie wär' ein Mann, und die Partnerin hätt' ein Auge verloren, was natürlich bedauerlich sei, natürlich tät' sie's da reizen, ihren Pinsel in dieses Lo... Die junge Poetin kiekst panisch und verschwindet im Sprudeln. Ich überlege, es ihr gleichzutun, und denke: Schau an, so kann man das Wort »Hirnfick« also auch deuten. Mentale Überforderung führt bei mir oft zu schmerzhaften Kalauern. Vielleicht hätt' ich doch besser meine Fassungslosigkeit weglachen sollen wie der Kollege. Der dicke Mann schweigt.

Vielleicht ist er einfach nicht unserer Sprache mächtig. Vielleicht ist er Kroate, Grieche, Weißrusse oder Lette und denkt, wir würden fröhlich schäkern.

Der Eisbär kotzt. Aus meiner Perspektive sieht es so aus, als breche er der Lettin in den Nacken.

»War nur hypothetisch g'sprochen«, sagt die Lettin. »Was schaut's ihr so entrüstet?« Daheim in Lettland seien das ganz normale Themen. »Wir Letten sind's halt gern a bisserl marod.«

Während der Eisbär scheinbar in ihren Nacken sabbert, geht's weiter: »Und sagt's amal, wie oft onaniert's ihr so?«, fragt die Lettin.

»Ein-, vielleicht zweimal am Tag«, druckst der Kollege, die junge Poetin nickt zustimmend, sagt »auch«. Mich fragt man erst gar nicht. Der dicke Mann überhört die Frage.

Sie ja vier- bis fünfmal am Tag, sagt die Lettin, mindestens. Sie könne einfach nicht anders, als ständig an sich rumzuspielen.

Ich versuche, unauffällig danach zu schauen, wo die Lettin gerade ihre Hände hat. Da die beiden Kollegen das ebenfalls unauffällig versuchen, fällt es der Lettin auf.

»Naa, wenn i nackert bin, find i meine Brüste interessoanter«, sagt die Lettin. Tatsächlich liegen beide Hände auf ihren, selbst für mich als wohlgeformt erkennbaren, Brüsten.

Aber sonst masturbiere sie ja überall. Im Flugzeug allerdings in der Regel nur, wenn der Nachbarplatz frei sei, aber neulich hätt' sie's auch mal gemacht, als neben ihr auf dem Platz »a Typ g'sessen« wär'. Sie hätt' 'ne Zeitung über dem Schoß ausgebreitet, natürlich den *Standard,* was anderes könne man in Riga nicht lesen, elendige anderthalb Stunden hätt's gebraucht, bis sie endlich gekommen wär'.

Die junge Poetin taucht hysterisch kichernd ab. Wo ihr Kopf verschwunden ist, blubbert es einen Moment noch mehr, weil sie unter Wasser weiterlacht. Der Kollege und ich grinsen breit. Der dicke Mann schweigt. Vielleicht ist er auch einfach nur taub!

Die Lettin fährt fort und berichtet, wie sie einem impotenten Lover mal Viagra ins Müsli gemischt habe, um sich anschließend mit ihm mehrfach zu verlustieren.

Mitten in dieses Thema hinein platzen zwei Kinder und klettern zu uns in den Whirlpool. Die junge Poetin taucht erschrocken auf, der Kollege beißt sich auf die Lippen, ich schaue zur Lettin, die Lettin verstummt, und der dicke Mann sagt: »Ihr müsstet jetzt mal das Thema wechseln.«

Für eine Sekunde ist selbst die Lettin sprachlos, dann kotzt ihr der Eisbär wieder in den Nacken.

5
SCHAM UND SELBSTERFAHRUNG

Sztaub!

»Sztaub!!!«, ruft Frau Weronika aus. Und noch mal: »Sztaub, szo viell!«

Diesen Moment hatte ich befürchtet. Und zwar seit in mir die schleichende Erkenntnis gereift war, dass infolge übervoller Tage als Autor, Verleger, Gelegenheitsslammer und Humorreisender so einiges zu Hause liegen geblieben war, vor allem »Sztaub!«, wie Frau Weronika nun zum x-ten Mal ausruft, seit sie meine Wohnung betreten hat. Betreten bin nun auch ich.

Aber es half nichts mehr. Als mein guter Freund Moritz über Silvester zu Besuch war und ich bloß erwähnte, dass ich mit dem Gedanken spielte, eventuell, unter Umständen mal möglicherweise eine Putzfrau in Anspruch zu nehmen, fing Moritz auf eine Weise an zu nicken, die mir verdächtig vorkam.

»Ist meine Wohnung etwa so dreckig?«, fragte ich.

»Nö«, beschied Moritz, »ist schon alles aufgeräumt, aber wenn man in die Ecken schaut ...«

»Moritz, als mein Gast hast du die *ganze* Wohnung zur Verfügung, dein Gästebett steht mitten an der Wand! Du *musst* dich nicht in den Ecken rumtreiben!«

»Nee, geht ja gar nicht«, sagte Moritz. »Die Ecken sind ja schon alle besetzt vom Dreck.«

Als er abgereist war, schaute ich abends die *Tagesschau*. Irgendwas war anders als sonst. Neues Jahr – neues Studiodesign? Musste ja immerzu alles moderner, jugendlicher, hipper werden. Animierte Grafiken zum Durchlaufen im ZDF, die ARD hatte nun wohl mit einer Nebelmaschine nachgezogen. Man sah Jens Riewa kaum noch in dem Dunst. Dabei hatte der zuletzt eh schon so graue Haare bekommen. Dann fiel mir auf, was sich geändert hatte: In den Studionebel hatte ein Scherzbold geschrieben: »Putz mich!« Die Handschrift sah nach Moritz aus.

Okay. Dazu sind gute Freunde da. Sie zeigen einem auf, wann der Zeitpunkt gekommen ist, professionelle Hilfe in Anspruch zu nehmen. Als ich in meinen Berliner Anfangsjahren mal die Hauptrolle in einer depressiven Episode übernommen hatte, ich schon damit aufhörte, die Gnubbel meiner Raufasertapete anzustarren, weil ich sie längst auswendig kannte, war es auch ein guter Freund, der mich eines Tages freundlich, aber bestimmt darauf hinwies, dass es Menschen gäbe, die von Krankenkassen dafür bezahlt würden, sich die Ohren volljammern zu lassen, seine Gehörgänge seien bis auf Weiteres von meinen Wehklagen verstopft. Ich habe seinen Rat angenommen, mir professionelle Hilfe gesucht. Meine Therapeutin hat meine Biografie daraufhin einmal gut durchgefeudelt, wir haben ein paar Erinnerungen entstaubt, eingefahrene Pfade geschrubbt und auch gezielt in die Ecken geguckt. Bald schon ging es mir besser, und ich zog in eine Wohnung ohne Raufasertapete.

Dort guckt nun Frau Weronika in die Ecken: »Sztaub!« Sie deutet in die Nische hinter dem Toaster. »Szoooo viel!« Sie macht eine Geste mit Daumen und Zeigefinger, die mir arg übertrieben vorkommt.

Frau Weronika schüttelt lachend den Kopf. Wie schön, dass sie als professionelle Reinigungskraft immer noch Freude am Sujet ihrer Arbeit hat! Trotzdem mag ich mich nicht so recht freuen. Genau genommen fühle mich gerade, als hätte mich meine Mutter beim Onanieren überrascht.

»Na ...«, sage ich kleinlaut.

»Vier Sztunden!«, sagt Frau Weronika. »Für Gröbbste. Aber nicht alles szchaffen heute.«

Ich schaue beschämt auf meine Schuhe. Müsst' ich auch mal wieder putzen ...

Lange hatte ich ein schlechtes Gewissen. Eine Putzfrau, wie dekadent! Ist das nicht Ausbeutung? Interessanterweise bekommt Frau Weronika denselben Stundenlohn, den ich vor gar nicht allzu langer Zeit als freiberuflicher Kleinverlagslektor bekam.

So unterschiedlich sind unsere Jobs bei genauerer Betrachtung auch gar nicht. Während Frau Weronika in meiner Küche die Wandfliesen wienert (eine Tätigkeit, auf die ich nie gekommen wäre), lektoriere ich im Arbeitszimmer ein Romanmanuskript. Ich schrubbe am Satzbau rum, schlage Formulierungen vor, auf die der Autor nie gekommen wäre, fege den Staub von mancher Vokabel, kratze Füllwörter aus den Sätzen und schaue vor allem in die Ecken. So ein Romanmanuskript hat ja unglaublich viele Ecken! Was sich dort manchmal an fallen gelassenen Handlungsfäden ansammelt! Daraus könnte manch einer 'ne komplette Kurzgeschichte stricken. Und wenn ich dann mit dem Autor spreche, stehe ich da wie Frau Weronika und rufe aus: »Füllwörter! So viele!«

Ich habe mal Robert Rescues erstes Buch lektoriert. Hinterher machte er auch ein Gesicht, als hätte ihn seine Mutter gerade beim Onanieren erwischt. Das ist ganz normal. Als mein erster Roman lektoriert wurde, hatte ich anschließend auch das Gefühl, keinen einzigen Satz geradeaus furmolieren zu dings ... Man gewöhnt sich an das Gefühl: Mutti weiß eh, dass ich onaniere, soll sie doch reinplatzen.

Frau Weronika steht in meinem Wohnzimmer vorm Bücherregal. Sie hat eine kleine Teleskopstange mit einem Irgendwas an der Spitze in ihrer Hand. Es ist kein Staubtuch, da weiß ich, wie das aussieht, sondern ein Irgendwas mit synthetischen Zotteln, auf das Staub voll abfährt. Das ist so geil, da vergisst der Staub alles um sich herum, bespringt es und will mit der Synthetik ordentlich rumflusen. Dieses Irgendwas ist pechschwarz, Frau Weronika hält es anklagend hoch. »Normal, ich brauche einsz für ganze Wohnung! Heut ich brauche drei für einsziges Regal!«

Die Tage zwischen dem Vereinbaren des Termins und Frau Weronikas Klingeln waren furchtbar. Plötzlich ging ich mit ihrem Blick durch meine Wohnung. Oha, die weißen

Plüschhandschellen, die ich neulich beim Poetry Slam in Würzburg gewonnen hatte! Die durfte Frau Weronika auf keinen Fall sehen, obwohl es inzwischen mehr so graue Plüschhandschellen waren. Im Regal, in das ich sie achtlos geworfen hatte, hatten sie eine kleine Schleifspur im Staub hinterlassen. Ich entsorgte sie in einer Krimskramskiste. Nun zeigte der flusige Regalbelag deutliche Abdrücke von Handschellen. Und das ausgerechnet im Schlafzimmer! Was sollte Frau Weronika von mir denken! Also holte ich mir ein Staubtuch und putzte schnell das Regalfach und, wo ich gerade dabei war, noch fix das restliche Regal, bis mir der Irrsinn dieser Reinlichkeitsattacke klar wurde: Ich machte gerade sauber für meine Putzfrau!

Dann fiel mein Blick auf Tinky-Winky. Oh shit! Da ist dieser halbe Meter zwischen Bett und Fenster, wo ich morgens als Erstes meine Barfüße hinsetze. Dort liegt diese kleine, himmelblaue *Teletubbies*-Badematte, die ich mal spaßeshalber für meine WG im 1-Euro-Shop gekauft hatte. Seit Jahren denke ich an das Motiv dieser Badematte nur noch, wenn ich mal Herrenbesuch habe, bei dem ich Tinky-Winky stets mit einem unauffälligen Fußtritt unters Bett befördere. Dazu war es allerdings schon seit Jahren nicht mehr gekommen. Verdammt, dachte ich, vielleicht sollte ich mal wieder depressiv werden. Aber zuvor galt es noch, das Bademattenproblem zu lösen. Ich mochte keine kalten Füße, und irgendwie fand ich es auch spaßig, als Satiriker jeden Tag damit zu beginnen, Tinky-Winky ins Gesicht zu treten. Doch wie sollte ich das Frau Weronika erklären? »Ach, und im Schlafzimmer: Nicht wundern über die *Teletubbies*-Badematte neben dem Bett, die liegt dort nur ironisch.«

Was würde sie dazu sagen? – »Versztehe! Posztmodernes

Kennzseichen von Unernszthaftigkeit, habe ich geszschrieben Hausarbeit drüber an Universzidät Kraków.«

Als Frau Weronika klingelte, war meine Wohnung so aufgeräumt wie seit Wochen nicht mehr. Ich hatte den Müll runtergebracht, jede Menge ausgelesene Magazine weggeschaufelt, Altpapier und Altglas entsorgt und hier und da ein wenig geputzt.

»Guten Tag, ähm, wissen Sie, eigentlich brauche ich Sie gar nicht mehr ...«, setzte ich an.

»Hallo, Herr Volker, musz ich mich einmal umszchauen in Wohnung«, sagte Frau Weronika und stürmte los. »Sztaub! ... Oha! ... Ohgottogott!«, hörte ich sie dann aus allen Ecken meiner Wohnung rufen. Ich widerstand dem Impuls, mich unter meiner Bettdecke zu verkriechen. Außerdem versteckte sich dort schon Tinky-Winky.

Frau Weronika legte los.

»Szo. Fertig für heute!«

Frau Weronika macht Feierabend. Den hat sie sich verdient. Ich erkenne meine Wohnung kaum wieder. Als hätte ich LSD genommen! Dieser Schein überall! Diese Farben! Dieses alles durchströmende Glücksgefühl! Und bei der *Tagesschau* am Abend hat Jens Riewa auch wieder seine braune Föhnfrisur zurück.

The Ton

Verdammt, die Tonne! Sie steht da immer noch und erinnert mich jedes Mal, wenn ich die Straße hochlaufe, an die Gentrifizierung: eine schwarze Mülltonne, die seit drei Wochen vor der Kita *Naseweis* steht. Und genau das ist es eben. Da gehört sie nicht hin. Denn auf der 240-Liter-Tonne steht »Altpapier« und »Abfallwirtschaft Waren an der Müritz«, und sie gehört zwei polnischen Bauarbeitern, die gerade die Nachbarwohnung sanieren. Zwei dieser Tonnen, die auf undefinierten Wegen nach Polen gelangt sein müssen, dienten den Bauprofis dazu, mehrmals täglich 240 Liter Bauschutt die Treppe runterzurumpeln. Das klang jedes Mal so, als würde ein übermütiges Rhinozeros zweibeinig die Treppe runterhüpfen, drei Stockwerke tief. Aber hey, wir sind in Berlin, wer interessiert sich da für albernes Großwild im Treppenhaus, wenn man gerade wieder rätselt, ob der DJ nebenan nur seine Dielen abschleift oder gerade einen Mash-up aus Industrial und Electro mixt.

Nachts standen die schwarzen Tonnen dann vor dem Haus, und offenbar war irgendein Passant mal so anlehnungsbedürftig, dass er sich die Tonne untergehakt hat und erst bei der Laterne am Kita-Zebrastreifen bemerkte, dass die neue Freundin bei genauerer Betrachtung doch ziemlich hohl war.

Der Berliner ist zwar sehr gut darin, Gehwege und Rabatten vollzumüllen, aber das Angebot einer herrenlosen

240-Liter-Abfalltonne an einem Zebrastreifen nimmt er doch gerne wahr. Die wird dann auch gefüllt. Straßenmüll, Hundekacktütchen, Laubsäcke, Elektroschrott, Windelbeutel – mit allem also, was ein Berliner Flaneur halt dabei hat, wenn er zu einem gediegenen Abendspaziergang aufbricht. Es steht zwar immer noch »Altpapier« und »Abfallwirtschaft Waren an der Müritz« auf der Tonne, aber im Übersehen des Offensichtlichen ist der Berliner großzügig.

Und mich erinnert die vermaledeite Tonne täglich an die Gentrifizierung. Die ist nämlich inzwischen auch in meiner verschlafenen Straße im einstmals uncoolen Norden des Bezirks angekommen. Meine Nachbarwohnung gehört irgendwelchen Engländern oder Schotten, vor Jahren schon verkauft als Geldanlage, jetzt wird durchsaniert.

Friedrichshain galt ja mal als Gentrifizierungs-Hotspot, es redet nur niemand mehr davon. Früher waren wir Friedrichshainer das Lieblingsfeindbild der Berliner, jetzt müssen wir uns noch hinter Neuköllner Hipstern, Schwaben und sämtlichen Touristen anstellen. Ein bisschen demütigend ist das schon.

Aber keine Sorge: Wir werden wieder aufholen, wenn erst die nächste Gentrifizierungssau durchs globale Berliner Dorf getrieben wird. Ich bin mir sicher: Das werden die Engländer sein. Scheiß auf die Schwaben! Der Diss-Trend geht zum Briten. Englisch ist das neue Schwäbisch, »bread roll the new weckle«.

Der Tag wird kommen, da sich die Eingeborenen und Berliner mit innerdeutschem Migrationshintergrund gegen die Anglifizierung Berlins auflehnen. »Don't buy bei Englishmen!«, wird auf Hauswände gesprüht werden, denn nicht alle sind sprachlich vorbereitet.

Sie kommen, die Engländer. Wir bereiten alles für sie vor. Seit Jahren schon muss alles internationaler werden. Statt wie vor 50 Jahren »Isch bin ein Berliner« sagen zu dürfen, muss man seit Jahren schon Berlin »be-en«. Jede Eckkneipe wird zur »Lounge«. Das Stadtmagazin *Siegessäule* übersetzt seinen Programmkalender neuerdings auf Englisch, damit der kulturinteressierte Berlinbesucher erfahren kann, dass Beyoncés »Konzert« in der Mehrzweckhalle am Ostbahnhof »a concert« ist und die *Brauseboys* »a reading show«. Und dann hat man plötzlich irgendwelche Spanier oder Neuseeländer in der Show sitzen, die sich wundern, dass trotzdem auf Deutsch gelesen wird, und man kommt sich reaktionär in der eigenen Stadt vor, wenn man darauf hinweist: Wir lesen Deutsch.

Man stelle sich Ähnliches in der Redaktionsstube, sorry, in der *editorial lounge* des Londoner Stadtmagazins *Time Out* vor: »Well, there are so many German tourists in London each week, shouldn't we translate our event calendar in German, should we? Let's demonstrate that London is an open-minded and international city.«

Es ist nur noch eine Frage der Zeit, und *BZ*, *Welt Kompakt* und *taz* erscheinen zweisprachig um die Wette, die *taz* legt noch Spanisch als zweite Weltsprache obendrauf, und die U-Bahn-Durchsagen werden komplett übersetzt. »Nächster Halt: Rehberge. Bitte links aussteigen. Next stop: deer mountains. Please do not get out here.«

Yes, I'm sure: Anglification becomes the new gentrification. Schon heute kann man jahrelang in Berlin leben, ohne ein Wort Deutsch zu sprechen oder zu verstehen. Nun gut, das haben viele Türken vorgemacht, aber auf die Idee, Stadtmagazine auf Türkisch zu übersetzen und Slogans der Art »Olmak Berlin« auf Plakate zu kleben, um zu zeigen, wie offen man ist, ist noch niemand gekommen.

Die Tür zum Sanierungstatort in der Wohnung nebenan steht gerade offen, ich will die Chance wahrnehmen, den im Flur werkelnden Polen mal auf die Tonne vor der Kita hinzuweisen. Er versteht mich nicht, bedeutet mir aber, dass er Hilfe holt. Er verschwindet, wird wohl den anderen Polen holen, der etwas mehr Deutsch spricht. Dann steht der andere Pole vor mir und sagt: »Yes please?«

Ich frage den Polen, ob sie vielleicht eine ihrer Bauschutttonnen vermissen.

»Sorry. I don't understand. Better in English, please.« Verdammt, der andere Pole spricht nur Englisch, seltsamerweise völlig akzentfrei.

Ich bin überrumpelt, als hätte jemand gerade eine 240-Liter-Tonne Bauschutt über meine Zehen gezogen. Dort müssen sich auch gerade meine Englischkenntnisse befunden haben. Die sind ordentlich zerquetscht. Was nicht benutzt wird, sackt halt runter.

Mein Englisch ist scheiße. Für den Urlaub reicht's, und mit dem *Leo-Dictionary* gelingt es mir sogar, den Anschein zu erwecken, als könnte ich mühelos englische Zeilen in Geschichten einflechten. Aber, verdammte Scheiße, übersetzen Sie mal spontan und unvorbereitet *»Entschuldigung, eine der Altpapiertonnen, mit denen ihr immer euren Bauschutt entsorgt, hat irgend 'n Depp hundert Meter weiter vor der Kita* Naseweis *abgestellt«* ins Englische!

»Äh, do you miss one of your ... waste ... ähh.« Meine Güte, was heißt »Tonne« auf Englisch? »Ton« will ich sagen, vermute aber, dass »ton« wenn überhaupt ein Mengenmaß ist. Und wieso lernt man in der Schule eigentlich nicht, was »Altpapier« auf Englisch heißt?

»This is Betty. Betty has a dog. Betty is interested in animals, nature and waste separation. Here we see Betty throwing her Time Out *magazine into a used paper can, because newly half of the magazin is translated into fucking German.«*

Der junge Engländer schaut mich erwartungsvoll an. Ich radebreche irgendwas von »waste disposal«, weil ich das mal auf einem Abfalleimer im Flugzeug gelesen habe, sage dann doch »ton« zur Tonne, stolpere aber über den Bauschutt. Unter Massen davon scheinen gerade meine Englischkenntnisse verschüttet zu sein. Ich google durch mein Gymnasialenglisch:

»This is Peter. Peter has just moved from London to Berlin. His parents bought him a new cheep apartment for threehundredthousand euros in Freddy's Wood. Restoring his flat makes a lot of waste. We call it building rubble. Peter loves building rubble. Because he has an old used paper can and two nice Polish clandestine workers.«

»Ah!«, sagt der Engländer und: »Ohhh ... Thank you very much. We care about this.«

»De rien«, sage ich, weil mir gerade nicht einfällt, was »Da nich' für« auf Englisch heißt.

Zwei Monate später steht die Tonne immer noch vor der Kita und erinnert mich nun zusätzlich an die Anglification. Sie kommen. Sie kommen, um mich zu verdrängen. Vielleicht sollte ich mich vorbereiten. Maybe I should improve my English ...

Das Horrorklo von Pfullendorf

»Was ist *das* denn?«, ruft der Kollege, mit dem ich auf einer Lesetour in einem Viersternehotel im schwäbischen Pfullendorf eingecheckt habe. Wir inspizieren gerade unser geräumiges Zweibettzimmer: alles sehr frisch und top renoviert. Der Kollege steht im Bad vor der Kloschüssel und staunt.

»Das, mein verehrter Kollege, ist der *Geberit AquaClean 5000 plus*«, lese ich aus einem Hochglanzprospekt vor, der neben der Badtür in einer Halterung steckt. Und was ein bisschen nach einem Haushaltsgerät aus einem Loriot-Sketch klingt, ist offenbar die neueste Innovation der Sanitärhygiene. Und wäre ich nicht ein seriöser Autor, würde ich kalauern: Das hier ist offenbar der heißeste Scheiß der Klosaison!

»*Gebeclean Aqua*-was?«, fragt der Kollege.

Ich halte dem Kollegen den Prospekt hin: Eine leicht bekleidete Frau tanzt auf dem Cover durch spritzendes Wasser und wirbt für *»Das neue Wohlbefinden«*. Hautfarbe und Poritze bilden zusammen das herzige Logo der Werbekampagne *»I love Water«*. Irgendwo in Deutschland prahlt ein Werbegrafiker in geselliger Runde nach der dritten Linie Koks mit seinem Geniestreich, einem Sanitärhersteller mal ein Herz aus Arsch als Trademark verkauft zu haben – und dafür feiere ich ihn hart!

»Hör mal«, lese ich vor: *»Wasser ist bei der täglichen Körperpflege nicht wegzudenken. Es reinigt, erfrischt und schenkt neues*

Wohlbefinden. In der fernöstlichen Hygienekultur ist es längst selbstverständlich, sich auch nach dem Toilettengang mit Wasser zu reinigen. Geberit AquaClean bietet Ihnen dieses Wohlgefühl per Knopfdruck. Entdecken Sie das WC, das Sie mit Wasser reinigt. Und genießen Sie den ganzen Tag das Gefühl von absoluter Frische und Sauberkeit.«

»Krasser Scheiß«, sagt der Kollege. »Ich stell mir gerade vor, ich hab ein komplettes Masterstudium Kommunikationsdesign mit Nebenfach Germanistik abgeschlossen und muss dann solche Texte verfassen. Da biste doch ...«

»Sag's nicht«, sag ich.

»... am Arsch«, sagt er. »Nur ... Wer *benutzt* so was?«

[Flashback:]

Ich sitze bei einem Proktologen, und er sagt: »Sie nehmen also diese Salbe, jeweils einmal morgens, einmal abends und einmal nach dem Stuhlgang.«

»Okeeee.«

»Und bitte kein Toilettenpapier benutzen in der nächsten Zeit.«

»Wie bitte?«

»Kein Toilettenpapier. Am besten Sie duschen *danach* einfach.«

»Duschen?«

»Genau. Mit lauwarmem Wasser einfach abduschen. Und danach bitte nicht mit dem Frotteehandtuch drüberrubbeln.«

»Nicht abtrocknen?«

»Nein. ... Haben Sie einen Föhn?«

[Flashback Ende.]

»Wer *benutzt* so was?«

»Tja, keine Ahnung«, sage ich, während ich heimlich einen der Prospekte in meinem Rucksack verschwinden lasse.

Aber wir sind Bühnenpoeten! Wir sind die Speerspitze der Selbsterfahrungsliteratur: meine Erlebnisse, meine Gefühle, meine Gedanken, meine Erfahrungen. Und meine Gefühle! Wir werden gelobt für die Unmittelbarkeit unserer Poesie. Es kann also nur eine Antwort auf die Frage geben, wer so etwas benutzt: wir.

Der Kollege schließt die Badezimmertür hinter sich. Ich höre es von drinnen noch etwas rumpeln, dann ist es eine Weile still, dann wieder Rumpeln. Dann höre ich einen spitzen Schrei, dann ein Rauschen, was danach erklingt, hört sich an wie ein lang gedehntes Wimmern.

»Alles klar bei dir?«, rufe ich von draußen. Keine Antwort. Ich drücke die Türklinke. Sie ist verriegelt. Soll ich den Hotelmanager rufen? Oder gleich die Feuerwehr, die meinen Kollegen mit schwerem Gerät von der Toilette lösen muss?

Ganz langsam öffnet sich die Badezimmertür. Das Gesicht des Kollegen ist aschfahl.

»Und? Wie war's?«, frage ich ihn. Er schaut mich aus trüben Augen an, als müsse er sich erst erinnern, wer ich bin.

»Is' nix«, sagt er leise. »Wenn du auf dieser Schüssel etwas fahren lässt, dann allein die Hoffnung.«

Gesenkten Hauptes schleicht er zum Bett, wo er sofort in einen erschöpften Schlaf fällt. Vielleicht ist es auch Bewusstlosigkeit.

Ein paar Stunden später nehme ich doch auf der Keramikschüssel Platz, nicht aus Neugier, sondern aus Stoffwechsel. Aber die Neugier, dieses vorlaute Biest, nimmt mit mir Platz. »Mach doch mal«, sagt sie.

Ich denke an den Kollegen, der seit Stunden paralysiert auf dem Bett liegt. Aber ich denke auch an die wohlklingenden Sätze im Werbeprospekt: »*Das Duschprinzip ist einfach: Auf Knopfdruck fährt der verborgene Duscharm aus und reinigt den Po mit einem warmen Wasserstrahl. Je nach Modell gibt es noch zusätzlich Verwöhnfunktionen: Die oszillierende Duscheinstellung reinigt durch gleichmäßige Vor- und Rückwärtsbewegungen besonders gründlich ... Die Geruchsabsaugung und ein angenehmer Warmluftföhn machen das Wohlfühlerlebnis mit dem Geberit AquaClean komplett.*«

Klingt eigentlich ganz harmlos, denke ich, zumal ich als schwuler Mann keine grundsätzlichen Einwände gegen »Verwöhnfunktionen« am Po habe, und *so* bedrohlich sieht der »verborgene Duscharm« nun wirklich nicht aus, jedenfalls frohlockt meine Neugier plötzlich: »Wusst' ich doch, dass es dich interessiert! Vielleicht ist es ja sogar ein bisschen geil!«

Da ich eh gerade fertig bin mit Stoffwechseln, greife ich nach der Fernbedienung der Hightech-Toilette.

Ja, sie hat eine kabellose Fernbedienung für die Tröpfel- und Föhnmechanik, sodass man sich auch einen Spaß draus machen könnte, Lebenspartner oder Kollegen während ihres Toilettenbesuchs aus der Ferne mit lustigen Wasserspielchen zu überraschen.

Und: NEIN, es ist nicht geil. Es kitzelt. Besser kann ich die Regung nicht beschreiben, die mich überkommt, während ein penisförmiger Stab 20 Sekunden lang körperwarmes Wasser von unten gegen meinen Schließmuskel pullert.

Ich kichere irrsinnig. Wer, verdammt, denkt sich so etwas aus?! Welcher Diplomingenieur geht abends nach Hause, seine Frau fragt ihn: »Schatz, wie war dein Tag?«, und er antwortet: »Super, ich habe heute eine Vorrichtung gebaut, die körperwarmes Wasser zielgenau gegen die Rosette von Toilettenbenutzern pinkelt!«?!

Der Wasserstrahl hört auf. Jetzt schaltet der *Geberit Aqua-Clean 5000 plus* auf Föhn um, und Geberit gibt's mir mit. 20 Sekunden lang föhnt er meinen Popo trocken. Das fühlt sich an, ... als föhne jemand 20 Sekunden meinen Popo trocken. Als wäre man wieder drei, hätte sich gestoßen und liefe zu Mutti: »Mama, Mama! Pusten!«

Ob es mir zu denken geben sollte, dass ich, während eine Hightechtoilette Made in Germany mir den Anus trocken bläst, an meine Mutter denken muss? Dann ist es vorbei, und ich ziehe die Hose hoch. Das war's ...

... noch nicht ganz. Zwei Stunden später, von denen ich eine juckreizend auf einem Caféstuhl hin- und hergeschubbert bin, schleiche ich zurück ins Hotelzimmer und wechsele verschämt die Unterhose.

Spät in der Nacht nach einem Poetry Slam im Weinkeller lerne ich das Horrorklo von Pfullendorf doch noch schätzen. Es hat nämlich auch Vorteile:

Als ich nach zahllosen Bieren, Weißweinen und einigen sehr leckeren, aber hochgefährlichen Obstbränden über der Kloschüssel hänge, empfinde ich es als Segen der modernen Technik, mir in dieser unwürdigen Position per Knopfdruck ganz einfach den Mund ausspülen zu können.

Das ist doch mal richtig praktisch.

6
SEHNSÜCHTE UND FANTASIEN

Kniebe

Ich sitze in der U-Bahn und schaue auf das Knie. Es gehört einem jungen Mann, der gerade eingestiegen ist. Ich habe nicht auf ihn geachtet. Jetzt sitzt er mir gegenüber, und ich schaue auf sein Knie.

Es ist ein sehr schönes Knie.

Seine Jeans ist an beiden Knien aufgerissen. An seinem rechten Bein befindet sich ein handbreiter Riss knapp unterhalb des Knies, an seinem linken ein mehr oder minder ovales Loch knapp oberhalb des Knies. Weiße Haut unter Bluejeans. Meine Hände, mit einem Buch darin, liegen unweit seiner Knie auf meinem Oberschenkel. Doch ich lese nicht mein Buch, ich lese das Loch seiner Jeans: Es ist ein Loch, wie es entsteht, wenn die Hose einmal aufgerissen ist und man immer wieder gedankenverloren dran rumzupft, bis es ein perfektes Loch ist, wie es nicht einmal die geübten Finger minderjähriger indonesischer Vintagefachreißerinnen fachzureißen in der Lage sind.

Ein schönes Loch für ein schönes Knie: Die Haut ist hell, unbesonnt, wie nicht anders zu erwarten zu dieser Jahreszeit, eine Farbe zwischen unschuldiger Milch und jungem Gouda mit einem Hauch Rosé – aber wirklich nur einem Hauch! Klitzekleine, blonde Härchen recken sich gen ungewohnter Freiheit; man sieht sie nur, wenn man ganz genau hinschaut.

Ich schaue ganz genau hin. Immer wieder tasten sich meine Blicke vorwärts, lassen die Buchstaben meines aufgeschlagenen Buches hinter sich und greifen nach dem Knie. Was lese ich eigentlich? Ich hab es schon vergessen: In meinem Kopf ist nur Knie.

In den zarten Härchen auf seiner ansonsten sauberen Haut – ach was! Sie ist nicht sauber, sondern rein, ich möchte meine Finger darin baden! – verhaken sich meine Gedanken: Seltsam, die Haut unter dem Riss am rechten Hosenbein ist viel stärker behaart. Haart der Knieträger etwa nur südlich der Kniescheibe? Oder rasiert er sich sein linkes Knie? Aber wieso nur das linke? Damit es noch schöner wird, dieses sein Aushängeknie, auf das man unweigerlich schaut – schauen *muss* –, wenn seine zerrissene Hose ins Blickfeld des Betrachters gerät wie ein aufgeschlagenes Buch über Schönheit? Weiß er etwa um die erotische Ausstrahlung seines Knies? Ist er gar ein *Kniemodel*? Ein Kniedouble für Schauspieler mit unansehnlichen Gelenken?

Merkt der Kniewirt eigentlich, dass ich in meinem Buch nicht umblättere? Ich blättere sicherheitshalber mal um. Ich werde nicht mehr wissen, wo ich gewesen bin im Buch, aber ich werde wissen: Ich war ganz Knie.

Es ist ein *wirklich* schönes Knie: schlank, kein unförmig-grober Beinmittelklumpen, wie er mich zu tragen hat: keine dicke Gelenkkartoffel vom dümmsten Bauern, keine unförmige Runkelrübe aus Sehnen, Knochen, Knorpeln zusammenverwachsen, die mein Orthopäde einst nicht unters Röntgengerät kriegte. Nein, es ist ein schlankes Knie, aber eben auch kein spilleriges Beinscharnier einer magersüchtigen Marionette aus Augsburger Puppen- oder Neuköllner Hipsterkiste, derer drei oder fünf auf ein einziges Röntgenbild passten. Es ist nicht zu viel Knie und nicht zu wenig Knie. Es ist *genau passend.* Es ist perfekt geformt, ein Alphaknie.

Gelenkknorpel, Kreuzband, Schienbeinkopf, Schleimbeutel – was für hässliche Begriffe für das Innenleben eines Knies. Dieses Knie hat all so etwas nicht: Dieses Knie hat eine Seele. Ein Knie, so schön, dass man davor auf sein eigenes fallen wollte.

»Entschuldigung«, möchte ich zum Knieträger gerne sagen, »du hast ein sehr schönes Knie.« Aber ich weiß, dass der raue Klang meiner Stimme nur den Zauber des Augenblicks aus der Atmosphäre trompeten würde. Also schweige ich und betrachte weiterhin das Knie.

Ich möchte es gerne anfassen. Ich will es spüren. Ich möchte mich zu ihm hinbeugen, es inspizieren, mit meinen Fingernägeln den ausgefransten Rand der Jeans abfahren und die Spitze meines Zeigefingers dann auf die nackte Haut legen: *First Contact,* Landung auf Planet Knie. Seine Oberfläche wirkt so glatt und weich, die winzigen Härchen wären selbst mit den hochsensorischen Fingerkuppen eines Geburtsblinden nicht zu spüren. Dafür spürte ich die Temperatur seiner Haut, die sicher wärmer wäre als meine Finger. Ich bin sicher, es ist ein warmes Knie.

Vielleicht würde wohliges Schauern die Nervenenden des Knieträgers durchfahren, wenn ich meine Wurstfinger auf sein makelloses Knie legte mit Kuppen so kalt wie Deutschländer aus dem Glas.

Wie würde der Kniewirt reagieren? Würde er das neugierige taktile Erkunden seines Knies still genießen? Oder würde er die Augen aufschlagen, mich aus glasklaren Pupillen anschauen, so rein wie die Haut seines Knies, und sprechen: »Willste mir anmachen? Oder willste wat uff die Fresse? Oder beidet? Kannste haben, Freundchen!«?

Ich will ihn nicht hören, ich will keinen Blickkontakt. Es zerstörte die Perfektion des Moments. Der junge Mann könnte mir nackt gegenübersitzen, ich würde trotzdem nur sein Knie betrachten. Kurz sah ich weinrote Chucks, doch schon das war mir »too much information«, ein Einbruch in seine Intimsphäre. Ich will nichts von ihm – außer seinem Knie.

Als die Bahn am Alexanderplatz einfährt, lasse ich dem Knie den Vortritt. Der Riss in der Jeans schließt sich wie der letzte Vorhang einer gefeierten Inszenierung. Der junge Mann stelzt an mir vorbei, ich schaue nicht auf und denke leise: »Adieu, mon genou.«

Einige Wochen ist das nun her, und das Knie geht mir nicht mehr aus dem Kopf. Ich möchte es wiedersehen. Ich muss. Wie nur finde ich es wieder? Mir bleibt nur ein Weg: eine Kontaktanzeige, in Stadtmagazinen und Internet. Zwischen »sie sucht ihn«, »er sucht sie«, »sie sucht sie«: »Er sucht Knie«: *»Du, linkes Knie zwischen 20 und 35, hellhäutig-*

zart, hatten Blickkontakt durch Riss in Bluejeans am 11.4., ca. 19 Uhr, in der U5. Möchte dich wiedersehen. Nur angucken oder gemeinsam durchs Leben staksen. Bitte nur Bildzuschriften, Kennwort ›Alphaknie‹.«.

Die Reklamation

Autsch, wälze ich mich mit schmerzendem Nacken in meinem Bett rum, schon wieder alles verspannt. »Bleib liegen«, höre ich eine Stimme sagen. Es ist eine sehr angenehme Männerstimme. Das wundert mich ein wenig, wähnte ich mich doch alleinstehend, beziehungsweise im Moment allein liegend. »Ich massier dich.« Zufrieden drehe ich mich zur Stimme hin. Neben meinem Bett steht ein wahnsinnig gut aussehender, junger Mann: kurze, dunkle Haare, durchdringend braune Rehaugen und makellose schöne, glatte Haut, die ich im Übrigen sehr gut sehen kann, da der Herr völlig unbekleidet an meinem Bett steht. Wow, denke ich, wo kommt der denn plötzlich her?, verdränge den Gedanken aber lieber ganz schnell, da mich dieser Traummann gerade schelmisch anlächelt und zu mir ins Bett steigt. Ich kann mein Glück gar nicht fassen und wache auf. — SCHEISSE!!! Das kann doch nicht wahr sein?! Was soll denn *die* Kacke?! Ich glaube, ES HACKT!!!

Ein Freizeichen ertönt.

Eine Stimme: Herzlich Willkommen im Teledialogsystem von *YourDreams.com*. Wollen Sie Ihre REM-Aktivität aktivieren oder deaktivieren, dann wählen Sie bitte die 1. Wünschen Sie eine Traumdeutung, wählen Sie bitte die 2. Haben Sie Probleme mit dem Gedächtnis und wollen sich unbedingt an einen Traum erinnern, dann wählen Sie bitte die 328546759263. Wollen Sie einen defekten Traum reklamieren oder eine Fehlfunktion anzeigen, dann wählen Sie bitte die 4. Zum Anmelden von Wunschträumen wählen Sie die 5, wollen Sie Ihre diabolischen Albträume loswerden, dann wählen Sie bitte die 6-6-6.

V: Vier.

St.: Sie werden mit dem nächsten freien Mitarbeiter verbunden. Hören Sie bis dahin von Richard Sanderson aus dem *La Boom*-Soundtrack: »Dreams are my Reality«.

AD: *Yourdreams.com*, mein Name ist Amyg Dala. Was kannick für Sie tun?

V: Guten Tag, Surmann mein Name. Ich möchte einen Traum reklamieren. Er ist irgendwie abgestürzt.

AD: War's 'n Albtraum? Da sind Abstürze nich' unüblich.

V: Nein, es war kein Albtraum.

AD: Ja, ja, dit sagen se alle. Was meinen Sie, wie oft wir dit ha'm! Da krabbeln die Leute in ihren Träumen auf irrsinnigste Felsvorsprünge, fallen dann drei Kilometer inne Tiefe, wachen schreiend uff, und dann sagen sie, der Traum sei abjestürzt, und wollen von mir wissen, wie's weiterjeht.

V: Und wie geht es weiter?

AD: PLATSCH! Wie soll dit schon weiterjeh'n? Wat meinen Sie, wat passiert, wenn jemand von 'nem irrsinnigen Felsvorsprung drei Kilometer inne Tiefe stürzt.

V: Aber manchmal geschehen in Träumen doch auch Wunder.

AD: Klar, dann kommt 'n jeflügeltet Einhorn mit regenbogenfarbenem Schweif anjeflattert.

V: Wieso nicht? Und was passiert dann?

AD: PLATSCH!!! Aber so richtig! Dann ist dit jeflügelte Einhorn mit dem regenbogenfarbenen Schweif ooch noch platt. Was meinen Sie, wie't Ihnen jeht, wenn jemand drei Kilometer vom Himmel uff Ihr'n Rücken fällt. Da is' mit Nackenschmerzen aber janz schnell Schluss, sach ick Ihnen.

V: Das arme Einhorn.

AD: Dit sagen Se mal! Die Viecher sind extrem selten.

V: Oh.

AD: Ja, »oh«. Dit denkt sich dit jeflügelte Einhorn mit dem regenbogenfarbenen Schweif ooch. Da hat's in dies'm Tal endlich mal'n zweetet Exemplar jefunden, hat sich spontan vaguckt, und – PLATSCH! – fällt ihm so'n scheiß Albträumer uffe Rübe!

V: Was für ein Albtraum!

AD: Aber vielleicht ham Se beim Uffprall ja Glück.

V: Glück?

AD: Und wer'n direkt vorm Uffprall noch vom Einhorn uffjespießt.

V: Entschuldigen Sie, aber bei mir war's definitiv *kein* Albtraum.

AD: Ach? Und wat erzähl'n Se mir da von jeflügelte Einhörner?

V: Hören Sie, nicht ich bin abgestürzt, *der Traum* ist abgestürzt. Deshalb möchte ich ihn reklamieren.

AD: Da müssten wa erst mal seh'n, ob dit überhaupt noch jeht. Sind Se'nn schon wach?

V: Ja, leider.

AD: Wieso »leider«?

V: Weil ich den Traum gerne weitergeträumt hätte. Aber dann ist er ja abgestürzt.

AD: Ob er abjestürzt ist, wissen wa ja noch jar nich.
V: Aber ich bin mittendrin aufgewacht.
AD: Dit is natürlich janz schlecht.
V: Eben!
AD: Weil die Jarantie uff Träume im Halbschlaf endet.
V: Was?
AD: Bei völligem Uffwachen ist die Jarantie auf Ihr'n Traum abjeloofen.
V: Abgelaufen?
AD: Hören Sie, wenn Se noch ma' so doof nachfragen, bin ick bereit, dit als Halbschlaf durchjehen zu lassen. Oder als jeistige Umnachtung.
V: Ich bin auch noch ganz schön müde.
AD: Na jut, vielleicht könn' wa da noch wat uff Kulanz machen. Was is'n nu passiert?
V: Ich hatte einen faszinierenden Traum, und der brach plötzlich ab.
AD: Und Sie sind absolut sicher, dass et keen Albtraum war? Da is dit abrupte Uffwachen kurz vorm Höhepunkt nämlich werksseitig voreinjestellt.
V: Nein, es war ein wunderschöner Traum!
AD: Na, dann müssen wa Ihr'n Traum einschicken zur Fehleranalyse. Ick sach Ihn' aber gleich: So'n Kostenvoranschlag kostet 79 Euros.
V: 79 Euro? ... Egal. ... Ja, ist okay.
AD: Dit muss ja'n wirklich schöner Traum jewesen sein.
V: Wieso?
AD: Normal legen die Kunden an diesem Punkt uff.
V: Wie geht das jetzt mit dem Einschicken?
AD: Sie erzählen mir jetz' den Traum, und dann machen wa 'ne Fehleranalyse.

V: Viel war noch gar nicht passiert: Ich lag im Bett mit Nackenschmerzen, dann war da plötzlich dieser wahnsinnig gut aussehende Mann und wollte mich massieren.

AD: Dit is' ja voll der schwule Traum.

V: Meinen Sie das etwa abfällig?

AD: Rein deskriptiv. Und ick sag Ihnen gleich, dit is' keen Grund zur Reklamation.

V: Wieso?

AD: Wat mein' Se, wie oft wir dit haben! »Hallo, mein Traum ist kaputt, ick hab von meinem eigenen Jeschlecht jeträumt. Reklamation, Reklamation!«

V: Und was sagen Sie den Leuten da?

AD: Dit wir dit Unbewusste sind und sie mal jaanz tief in sich reinkieken soll'n, ob se da nich' noch 'nen kleenen inneren Rosa von Praunheim find'n.

V: Ach du je.

AD: Und die janzen Priester erst! Alle Nächte wieder: »Mir is' im Traum der Herr Jesus erschienen, und er kam nackich zu mir ins Bett ... Reklamation! Reklamation!«

V: Passiert das echt so oft?

AD: Wenn's nach uns vonne Traumreklamation jinge, würd' man den Heiland nicht mehr nackig anne Kruzifixe hängen, sondern in Daunenjacke und Jummistiefel. Dann könnten wa hier ooch mal 'ne Nacht durchschlafen.

V: Könnten wir vielleicht wieder zu meinem Traum zurückkommen?

AD: Meinetwegen. Da stand also so'n wahnsinnig jut aussehendet Kerlchen vor Ihr'm Bett.

V: Ja.

AD: Und Sie sind sicher, dass der nicht zufällig grad 'ne Dornenkrone trug?

V: Nein! Er kam dann zu mir ins Bett.

AD: Und weiter?

V: Nichts weiter. Genau da ist der Traum abgestürzt, und ich bin aufgewacht.

AD: Und dieser wahnsinnig jut aussehende Kerl ohne Dornenkrone, der war nicht janz zufällig nackt?

V: Doch. Er hatte makellose, glatte, braune Haut, eher unbehaart und weich.

AD: Weich? Ham Se'n schon anjefasst jehabt?

V: Nein, sah halt weich aus.

AD: Also mehr 'ne schwabbelige Type?

V: Nee. Kein Waschbrettbauch, aber trotzdem gut gebaut, wunderschön – perfekt!

AD: Jajaja. Und Sie? War'n Se ooch nackt?

V: Darüber hab ich noch gar nicht nachgedacht, aber ich glaube schon. Ich lag ja im Bett.

AD: Entschuldigen Se, dass ick dit frage, jeht mich ja eigentlich nix an, aber tragen Se keene Nachtwäsche?

V: Doch, normal schon, aber nein, im Traum trug ich irgendwie keine.

AD: Soso, dann ham wa den ersten Fehler in Ihr'm Traum ja schon jefunden! Und dies' wahnsinnig jut aussehende Kerlchen ohne Dornenkrone, aber mit »weiche« Haut, hatte dit janz zufällig 'ne Erektion?

V: Nein.

AD: Nein?

V: Ich glaube nicht.

AD: Glooben Se nich', wissen Se nich', oder jenieren Se sich? Was meinen Sie, wie lang ick mit die Priester über diesen Punkt diskutier'n muss, ob der Herr Jesus ...

V: Na ja, vielleicht so 'ne halbe.

AD: Na, dann isset klar: Ick tipp da auf Hardwarefehler.

V: Was?

AD: Es läuft ja nu allet sehr deutlich uff'n feuchten Traum raus, und vielleicht is' der Traum abjestürzt, weil bei Ihnen die Hardware noch nich' bereit war.

V: Nee, nee! Mit meiner Hardware ist alles in Ordnung!

AD: Vielleicht 'ne vorzeitige Ejakulation?

V: Das wüsst' ich aber!

AD: Würd' aber erklären, wieso der Traum plötzlich abbricht: *insomnium interruptum*.

V: Nein. Der Traum hörte einfach so auf. Wie wenn unter Windows der Bildschirm plötzlich einfriert.

AD: Tja, unter Linux wär' dit nicht passiert.

V: Wie bitte? Es gibt Betriebssysteme für Träume?

AD: Natürlich, wat denken Sie denn? Unter iOS blenden wa in je'm Traum alle paar Sekunden 'nen anjebissenen Apfel ein.

V: Wieso das?

AD: Ham Se sich noch nie jewundert, wieso die janzen Apple-User traumwandlerisch jeden noch so teuren iQuatsch kaufen? Ick sag nur: SSP.

V: SSP?

AD: *Subbewusste somnambule Projrammierung.*

V: Und unter Linux wär' mein Traum nicht abgestürzt?

AD: Wer weiß dit schon, aber sicher anders.

V: Wie, »anders«?

AD: Dann hätten Se Ihr'n feuchten Traum mit 'nem Pinguin jehabt.

V: Ihh, das ist nicht Ihr Ernst!

AD: Nee, natürlich nich'.

V: Also, wenn es kein Hardwarefehler ist: Was könnte es dann sein?

AD: Vielleicht fand Sie dieser wahnsinnig jut aussehende Mann einfach nicht so attraktiv, wie Sie gloob'n?

V: Nein.

AD: Oder er hat vorm Verkehr dit Licht ausjemacht, und Sie ha'm dit fehlinterpretiert?

V: Nein.

AD: Jut, jut. Ick kann hier ja mal *ScanDream* über Ihr'n Traum loofen lassen. Dit kost' dann aber die besagte 79 Euros.

V: Schon klar.

AD: Na jut, dann woll'n wa mal ... Ich starte dit hier mal ... läuft schon ... Oh. ... ... Oh.

V: Was ist?

AD: Ui.

V: Hallo?

AD: Momentchen.

V: Haben Sie was gefunden?

AD: Jein. ... Ick lass ooch noch *CheckDream* über Ihren REM-Speicher loofen. Nur zur Sicherheit.

V: Bitte, machen Sie das.

AD: Oh.

V: Was ist?

AD: Fuck.

V: Hallo, hallo? Könnten Sie mir BITTE sagen, was los ist?

AD: Mann, Mann, Mann. Dit is' ja'n Ding.

V: WAS »is' ja'n Ding«?!

AD: Hören Se, ick hab den Fehler jefunden. Also, ick sag mal so: die jute Nachricht: Mit dem Traum is' allet in Ordnung, funktioniert reibungslos!

V: Und die schlechte? Doch ein Hardwarefehler? Mein Hirn ist Matsch oder was?!

AD: Also nich', dass ick bei Ihnen den Verdacht nich' schon jehabt hätte, aber dit is' zumindest nicht die Ursache vom Problem.

V: Sondern?

AD: Nun, es hat hier'n klitzekleinet Zuordnungsproblem jejeben.

V: Zuordnungsproblem?

AD: Ein klitzekleinet.

V: Was soll das heißen?

AD: Dit sollt' eijentlich nich' passieren, und ist hier auch noch nie vorjekommen, aber was soll ick sagen, nobody's perfekt. Uffgrund von 'nem kleenen, minimalen Fehlerchen inna Versandabteilung ...

V: Jetzt hören Sie doch mal auf, drumrum zu reden!

AD: Also mit dem Traum ist allet in Ordnung ...

V: Aber?

AD: ... er war nicht für Sie.

V: Was? Nicht für mich? Wie kann denn das passieren?!

AD: Na ja, wir legen die Träume nach die Jenerierung für den surrealen Versand in so 'ne intuitive Zwischenablage, und da war er unter den Hashtags »Berlin« und »Vorleser« abjelecht, und der Zusteller hat dann ... Wat soll ick sagen? Nun, die Traum war eijentlich bestimmt für 'nen jewissen *Robert Rescue*. Kennense den?

V: WIE BITTE?! Robert Rescue träumt von einem unbehaarten, jüngeren Mann mit braunen Rehaugen und samtweicher Haut? Der steht doch auf Frauen? Das ist doch nicht Ihr Ernst!?

AD: Doch! Und dit erklärt ooch, wieso der Traum kurz vorm Höhepunkt abrupt abbricht.

V: Wieso?

AD: Für ihn wär' dit halt 'nen furchtbarer Albtraum!

V: Ich fass es nicht ...

AD: Nich' traurig sein: Andere Nächte ha'm ooch hübsche Söhne.

V: Das heißt, ich werde nie erfahren, wie der Traum weiterging?

AD: Richtig, der Traum is' ja janz regulär zu Ende jeführt.

V: Aber ich würd' den jungen Mann so gerne wiedersehen.

AD: Na, dann träumen Se ma' schön weiter.

V: Und ... und ... was soll ich jetzt machen?

AD: Oh, dit kannick Ihn' schon sagen: Sie überweisen mir 79 Euros.

Monolog an einen Alleinstehenden

Also, ich versteh echt nicht, dass du Single bist. Ich mein, du bist doch gebildet, selbstständig, belesen und gut aussehend. Ja, ja! Find ich echt, dass du gut aussehend bist. Wirklich, du siehst *gut* aus – für dein Alter, ich meine, da sehen andere ganz anders aus in deinem Alter, und Alter, was ist Alter? Das ist doch kein Alter. Aber gut, jung biste eben auch nicht mehr, also nee, da war doch sogar schon 'ne vier vorne, nicht? Ja siehste, aber ich find, nee, ich find, dafür haste dich *super* gehalten. Echt, super gehalten, du bist doch attraktiv. Ja, *attraktiv*, ich meine, mit dir kann man sich doch sehen lassen, du bist vorzeigbar, okay, deine Fingernägel, aber sonst, nee, echt. Ich find, du siehst echt passabel aus, um nicht zu sagen *gut*. Also jetzt nicht »gut« im Sinne von »schön«, weil, ich meine, dass du kein Model bist, weißt du ja selbst, aber »gut« im Sinne von »gut« eben, voll okay, sympathisch. Du siehst *nett aus*, ja! Nee, nee, so habe ich das gar nicht gemeint, sondern »nett« im *besten Sinne* von »nett«, ja, dich *muss* man einfach mögen, wenn man dich sieht. Verstehe ich überhaupt nicht, warum viele das gar nicht so sehen oder dich nicht abkönnen, nee, ich finde ... ja, gibt so Leute und gar nicht zu knapp, aber ich finde: Man muss dich einfach mögen. Ich versteh überhaupt nicht, wieso dich niemand haben will. Ich meine, da kann doch jeder froh sein, jemanden wie dich abzubekommen. Die wissen doch selbst alle, dass nicht jeder den wunderschönen Traumtypen abkriegen kann, irgendwann muss man eben den Realitäten ... ja, und du bist eben so 'ne Realität! ... Ja, nee, das war ein Kompliment, echt jetzt! Du bist doch echt 'ne gute Partie, ich meine, was ich sagen will: *Du siehst aus* – und das tun ja längst nicht alle. Und du bist dazu noch groß, schlank, wirkst sportlich, also halbwegs, machste eigentlich Sport? Ach, Badminton, na gut, ist ja auch Sport irgendwie, egal. Nee, und dann bist du noch belesen, hast Humor, bist intelligent quasi, verdienst eigenes Geld, nee, das sind doch alles auch Qualitäten irgendwie, ich meine, du bist echt 'n Traummann! *Wirklich*! Musst du dir immer wieder sagen: *Du bist ein Traummann*! Jaa! Also für mich jetzt nicht. Ich steh mehr so auf andere Typen, aber nee, wer auf so Typen wie dich steht, für die musst du echt ein Traummann sein, da bin ich mir ganz sicher: Wer Männer wie dich geil findet, der findet auch dich geil! Echt! Und da verstehe ich gar nicht, wieso das niemand tut! Weil, eigentlich findet doch jeder Topf irgendwann einen Deckel, und ich meine, es gibt so viele Verzweifelte ... Nein, nein, so habe ich das nicht gemeint, ich meine, jeder sollte glücklich sein, jemanden wie dich, ja, weil ich finde, du bist ein ansehnlicher Topf. Ja, fast ohne Beulen. Das ist doch nur 'ne Frage der Zeit, bis du mal wieder ... echt! Sag, wie lange biste noch mal solo? Wann war deine letzte ...? Ach, du Scheiße, echt so lang schon? Mann, Mann, Mann, das macht es ja alles *noch* unverständlicher! ... Ja, kann ich verstehen, mir tut's auch leid. Gab's da schon den Euro? ... Nee, ich meine, es gibt doch nun wirklich genügend Menschen, dass von all denen niemand, nee, *kann* ich nicht verstehen, na siehste, guck mal, dann sind wir ja schon zu zweit, die das nicht verstehen, und ich wette, es gibt noch viel mehr, die das auch nicht verstehen. Und sieh es doch mal so: Du bist frei, ungebunden, hast keinen Beziehungsstress, ja, ist ja so: *Beziehungen können auch Stress sein*, echt! Weißte vielleicht nicht mehr, so lang wie bei dir die letzte her ist, da idealisiert man ja schon mal, nee, so Beziehungen, ich würd' das gar nicht hochhängen, 'ne Beziehung zu haben, an deiner Stelle, ich meine, das ist nicht alles. Klar ist 'ne Beziehung was Schönes. Man ist halt ein bisschen seltener einsam, das ist schon nicht schlecht, also eigentlich ist man *deutlich* seltener einsam, ich zum Beispiel fühle mich ja fast *nie* einsam, also das ist schon schön, so abends nicht allein einschlafen zu müssen, nee, möchte ich auch nicht missen, möchte ich nicht missen. Und Sex ... ja, Sex, klar, ist nicht alles, aber macht zu zweit auch irgendwie mehr Spaß als allein. Meistens. Klar, Beziehung, da kann man sich schon dran gewöhnen, fand ich früher auch immer scheiße, wenn ich mal Single war, war ich ja zum Glück nie lang, ich, also *ich* könnt' das auch nicht ertragen. Ich bin nicht so der Singletyp, dazu muss man schon geboren sein. Hast du darüber schon mal nachgedacht, ob das vielleicht deine *Bestimmung* ist, Single zu sein? Vielleicht bist du ja einfach nicht für die Liebe gemacht! Nee, ich find's schon schöner, nicht allein zu sein, oder wenn man sich mal nicht so fühlt, dass dann jemand da ist, der mal zuhört und so, der einen wirklich versteht, so ganz tief drinnen auch, nee, hat schon was, oder dass man mal in den Arm genommen wird, wenn's einem dreckig geht, ja, doch, das hat schon was, da kann man sich dran gewöhnen. Ey, wieso weinst'en jetzt? ... Ich wollt' gar nicht das hohe Lied der Beziehung anstimmen, nee, echt nicht, ganz ehrlich. Einsamkeit hat auch schon so ihre Vorteile, 'ne Beziehung aber auch – also ich würd' nicht mit dir tauschen wollen! –, aber manchmal, ja echt, manchmal *beneide* ich dich sogar, wirklich! Ja, so ein bisschen Einsamkeit, Melancholie und so, hey, das ist doch auch mal ganz schön! Also, ich mag das, und ich muss dann immer mit meinem Schatz ins Kino gehen und todtraurige Filme angucken, und du hast das ganz von allein! Ich mein, das ist doch auch was! Und Hand aufs Herz, also ganz ehrlich, du als Kreativer, also, ich meine, ihr Künstler, da braucht man das doch auch ein bisschen, so *lonely-wolf*-mäßig, da gehört Einsamkeit doch auch ein bisschen zur Jobbeschreibung, nicht wahr? Die liefert doch auch Inspiration, nicht wahr? Wo willste denn jetzt plötzlich hin? Ich dachte, wir trinken noch 'n Bier zusammen ... Ach, *schreiben*. Ja, hab ich doch gesagt, hat auch seine Vorteile, Single zu sein. Siehste, wenn wir hier jetzt als Pärchen sitzen würden, könnteste dich nicht so leicht vom Acker machen. Wie, Moment, sach mal, geht's noch? Was willst du denn *damit* jetzt sagen? »Entweder ich schreib jetzt sofort einen Text, oder ich bring jemanden um!«?

Hund, Wok, Tram

Samstagnacht, kurz vor drei, Tramhaltestelle Prenzlauer Allee. Die M10 kommt erst in sieben Minuten, sagt die elektronische Anzeigetafel.

Mir fällt ein Plakat auf: »*Hello BEAUTIFUL*« steht da in großen Lettern, und das liest man doch gerne nachts um drei. »*Hello BEAUTIFUL brown-haired girl with grey headphones. I saw you on the M10 last Sunday around 3 p.m.*« Ach, so ein Wiedersehensaushang! Aber ich lese weiter, denn er ist schön gestaltet und sorgsam kalligrafiert: »*You looked at me, I got shy and began staring at a small dog instead that was between us. When I got off at Husemannstr. I felt so regretful for not having asked you out: Do you want to go for a drink sometime?*«

Ach, wie schön! Und der Grafiker versteht was von seinem Handwerk, denn er hat das hübsche Mädel, sich und Hund auch noch gezeichnet, dazu die Pfeile auf »*You*«, »*Small dog*« und sich gesetzt. Und er bleibt schüchtern wie in der Tram und nennt sich bloß »*guyontheM10@gmx.com*« – er ist ein schlanker Hipster mit Spargelbeinen und Seitenscheitel. Vielleicht ein Engländer, denke ich.

Wobei mir die Engländer in dieser Stadt nie sonderlich schüchtern vorgekommen sind. Die Engländer, denen ich in der M10 normalerweise begegne, hätten das hübsche Mädchen angesprochen, das heißt, ihm die Kopfhörer von der Rübe gerissen und »Hiii« in die Ohren gegrölt. Dann wären sie zurückgetorkelt und auf den Hund getreten.

Meine Tram kommt in drei Minuten, plötzlich werde ich traurig. Ich frage mich, ob ich jemals im Leben das Gefühl hatte, jemanden, den ich zufällig gesehen hatte, so unbedingt wiedersehen zu müssen, dass ich selbst gemalte Plakate an Tramhaltestellen aufgehängt hätte. Dass man denkt: Diesen Menschen hier und keinen anderen sonst! Ich überlege, grüble, aber mir fällt keiner ein. Betreten schaue ich zu Boden, was gäbe ich jetzt für einen Hund, auf den ich starren könnte! Aber da ist kein Hund, deshalb werde ich deprimiert. Ich überlege, ob ich mich nicht besser vor die Tram werfen sollte, als in sie einzusteigen. Stattdessen versuche ich, wütend zu werden: Hat sich dieser verdammte *GuyontheM10* eigentlich mal Gedanken darüber gemacht, was er mit seiner romantischen Plakataktion anrichtet? Was ist das eigentlich für ein Depp?! Der einem wunderschönen Menschen begegnet und dessen Blick nicht standhalten kann, sondern anglotzt, was grad doof in der Gegend rumschnüffelt. Was ist das für ein bescheuerter Idiot, der verdammt noch mal genauso reagieren würde wie ich an seiner Stelle! – Klappt irgendwie nicht mit dem Wütendwerden ...

Ist es etwa langsam an der Zeit, mich einem Bekannten anzuschließen, der sämtlichem pärchenromantischem Sprichwortschatz nur noch mit dem Trotz des Sarkasten begegnet: »Mag sein, dass auf jeden Topf ein Deckel passt, aber dann bin ich wohl ein Wok.« Auch wenn dieser Spruch inzwischen oll ist und nur ein grob gezimmerter Anbau an die Metapher ohne Genehmigung: Wokmenschen sind echt am Arsch: Sie finden keinen Deckel. Vielleicht machen sie's wie in manch asiatischer Garküche und finden irgendein verbeultes Blech zum Drauflegen, damit keine Fliegen ins Chop Suey regnen, aber mehr passt da nicht zusammen.

Woks stehen halt wesentlich instabiler im Leben. Das weiß jeder, der schon mal versucht hat, einen richtigen, originalen Wok auf einen Elektroherd zu stellen. Wokmenschen sollte man besser nicht in falsche Umgebungen bringen. Zum Beispiel auf einen Pärchen-Spieleabend. Oder in einen Club, wo sich tausend verliebte Teens stundenlang die Zunge in den Hals schieben.

Und wenn gar nichts mehr geht, dann greift der Wokmensch irgendwann nach dem nächstbesten Blech, so verbeult es auch ist; Hauptsache, das Innenleben kühlt nicht völlig aus. Gott, wie traurig, denke ich. Vielleicht doch lieber vor die nächste Straßenbahn.

Die kommt aber erst in 15 Minuten, sagt das elektronische Anzeigesystem. WAS!? Wo ist denn meine Tram hin, die vor einer Minute noch in einer Minute kommen sollte? War ich so versunken in Aushang und Selbstmitleid, dass ich schlichtweg vergessen habe einzusteigen?

Nö, alle anderen am Bahnsteig sind auch noch da. Ich schau zurück zur Anzeigetafel. Ah, jetzt steht sie da wieder. Die M10 blinkt, fährt also just in diesem Moment ab. Problem nur: Es ist keine Tram da, die sofort abfahren könnte.

Das elektronische Anzeigesystem ist völlig verrückt geworden. Mir fällt ein, dass das System ja DAISY heißt – für »Dynamisches Anzeige- und Informationssystem«. Daisy – wie dieser verrückte Hund von Rudolf Mooshammer damals. Wie sich die Kreise schließen heute Nacht. Hund hier, Hund da. Und dort noch einer, beziehungsweise keiner: *»Fehlende Hund!«* steht auf einem zweiten Aushang an der Tramhaltestelle.

Oh, denke ich, das könnte die Lösung für ungedeckelte Menschen sein. Vielleicht fehlt mir einfach ein Hund. Ein Gedanke, den wohl jemand anders auch noch hatte, mit dem Ergebnis, dass nun jemand ganz anderem *sein* Hund fehlt.

»Namen: ROXY! French Bulldogg

Belonung!!!!!! (sechs Ausrufezeichen, darunter ein kopiertes Foto vom Hund, so eine schwarze Fußhupe mit Hasenohren. In manch asiatischem Land genau eine Wokportion.)

Rufen Sie, wenn man sie sieht!! 15218808528«

Benommen stehe ich an der Haltestelle. Zahlen schwirren mir um die Ohren. Daisy wirft mit willkürlichen Warteminuten um sich und hier eine elfstellige Ziffernfolge. Eben noch eine totale Einsamkeitsattacke; jetzt plötzlich weiß ich nicht mehr, welchen der beiden Suchaushänge ich anrührender finden soll. Dieses Plakat ist so furchtbar radebrechend zusammengeschustert, dass echte Verzweiflung aus ihm quillt, und trotzdem ist es so ergreifend chancenlos gegen die perfekte Hipstergrafik an der Scheibe nebenan.

»Rufen Sie, wenn man sie sieht!!« Ich frage mich, was ich wohl rufen soll, wenn ich die Bonsai-Dogge sehe. Was ruft man da? »Hab dich!« »Hund!« oder vielleicht den Namen: »Roxy!« Wobei: Eigentlich steht da, ich soll »15218808528« rufen, wenn ich das Tier sehe. Aber was soll das bringen? Da läuft man nachts durch den Prenzlauer Berg, sieht eine kleine, schwarze Fußhupe mit Hasenohren und brüllt in die Nacht: »15218808528!!!«

Und dann? Ist das Tier auf diese Ziffernfolge konditioniert? Ist das seine Hundesteuernummer? Ist es eine hochbegabte Bonsai-Dogge?

Für einen Moment überlege ich, ob »ROXY« wohl der kleine Hund sein könnte, auf den der Hipster in der Mio gestarrt hat, statt die Blicke vom »beautiful girl« zu erwidern. Vielleicht hat er ja die Hoffnung aufgegeben, das Mädchen je wiederzufinden, und da hat er sich gedacht: »Ach, dann nehm ich halt den Hund, wenn ich ihn wiedertreffe. Mit dem hatte ich ohnehin schon Blickkontakt, und hat mir ja auch irgendwie gefehlt, so'n Hund.«

Oder er hatte Hunger und in seinem Wok war noch Platz.

NACHWORT

Dies ist meine zweite Sammlung mit Geschichten, die im Laufe von 13 Bühnenjahren mit den *Brauseboys* und 14 Jahren Poetry Slam entstanden sind. Einige Texte gab es schon, bevor ich vor fünf Jahren meine erste Geschichtensammlung »Lieber Bauernsohn als Lehrerkind« konzipierte, in die allerdings viele meiner besten Texte thematisch nicht hineinpassten.

Zahlreiche Texte in diesem Buch sind auch schon andernorts publiziert worden: in Anthologien, die ich herausgegeben oder an denen ich mich beteiligt habe, in Büchern der *Brauseboys*, in Zeitungen und Magazinen oder einer leider Gottes ~~hoffnungslos gefloppten~~ hinter den Erwartungen gebliebene Taschenbuchausgabe meines »Bauernsohn«-Buches. Aber ich mag diese Texte so gern, dass sie in diesem Best-of einfach nicht fehlen dürfen.

Sollte jemand wirklich all die verstreuten Veröffentlichungen besitzen, dann entschuldige ich mich vielmals bei diesem Menschen (mehr als einer kann es nicht sein), möchte ihm aber auch zu seinem hervorragenden Literaturgeschmack gratulieren und ihn wahlweise heiraten oder wegen Stalkings anzeigen (das überlege ich mir noch).

Zudem enthält dieses Buch auch viele neue Geschichten und solche, die ich aus großen Textstapeln wieder ausgegraben habe und bei denen ich mich wunderte, wieso sie dort eigentlich mal gelandet sind. Es ist schön, wenn man sich als Autor mal selbst überraschen kann.

Überhaupt wunderte ich mich bei der Zusammenstellung der Texte, wie viele von ihnen sich im engeren oder weiteren Sinn um das Schämen, Fremdschämen oder Erleben und Aushalten von peinlichen Situationen drehen. Wieso das so ist, mag mein Therapeut ausdeuten, ich jedenfalls ~~bin überzeugt~~ hoffe, dass das nichts ist, wofür ich mich schämen müsste.

Alle Texte wurden für diesen Band noch einmal überarbeitet und von Jan Freunscht, meinem langjährigen und treuen Satyr-Korrekturleser, sorgsam geprüft. Dafür ein großes Dankeschön an ihn!

Dank auch an den wunderbaren Kollegen Karsten Lampe für das tolle Cover und Vredeber Albrecht für die Tonaufnahmen. Es macht immer wieder Spaß, mit euch zusammenzuarbeiten!

Ich bedanke mich ferner bei meinen Lesebühnenkollegen Thilo Bock, Paul Bokowski, Robert Rescue, Frank Sorge und Heiko Werning sowie dem stets geschmackssicheren *Brauseboys*-Publikum, das immer ein gutes Gespür für gelungene Geschichten hat (und geduldige Nachsicht bei den misslungenen), sowie allen Zuschauerinnen und Zuschauern auf den Lese- und Slambühnen von Deutschland, Österreich und der Schweiz.

Dank auch an meine Vorlese- und Slamkolleginnen und -kollegen in Berlin und anderswo, an das gesamte *Satyr*-Team, da vor allem an Mirco Drewes, Friederike Christoph und Marc Nagen, die meinen Verlag seit Jahren sehr unterstützen!

Und zu guter Letzt möchte ich meinen Freunden und meiner Familie danken, die natürlich allesamt ~~völlig ziemlich~~ ein kleines bisschen anders sind als in meinen Geschichten.

Dieses Buch ist für euch!

Volker Surmann
Berlin-Friedrichshain/November 2016

Veröffentlichungsnachweise:

»Saunamänner«, »Recht auf Party« und »Bei Ärzten II« zuerst im Berliner Lesebühnen-Zentralorgan *Salbader.*

»Unerwartetes Bekenntnis eines langweiligen Mannes« zuerst in Mirco Drewes (Hrsg.): »Waschbär erster Klasse. Wundersames aus vollen Zügen« (Satyr: 2011). Auch publiziert in Volker Surmann (Hrsg.): »Macht Sex Spaß? Ja, nein, vielleicht, weiß nicht« (Satyr: 2012) und Brauseboys: »Das ist kein Berlin-Buch« (Satyr: 2011).

»Neununddreißig Sekunden« und »Sex zu ungewöhnlichen Temperaturen« zuerst in Volker Surmann (Hrsg.): »Macht Sex Spaß? Ja, nein, vielleicht, weiß nicht« (Satyr: 2012).

»Das Ding aus dem Teich« und »Schlüsselbeinbruch mit Udo Jürgens« erstmals als Bonustexte in Volker Surmann: »Ein Bauernsohn macht sich vom Acker« (Bastei-Lübbe: 2013).

»Die Sportunfälle meines Lebens« zuerst in »10 Jahre Brauseboys« (Satyr: 2013), aber auch in Volker Surmann: »Ein Bauernsohn macht sich vom Acker« (Bastei-Lübbe: 2013).

»Ich sehe, wie das ist« erstmals in *EXOT, Zeitschrift für komische Literatur.*

»Bei Ärzten« teilveröffentlicht erstmals auf der CD Brauseboys: »Wir sind nur Kurzgeschichtenvorleser« (Reptiphon: 2005), komplett zuerst in Daniela Böhle/Paul Bokowski (Hrsg.): »Die Letzten werden die Ärzte sein« (Satyr: 2014).

»Bagger« ausschnittweise zuerst in Christian Ritter (Hrsg.): »Merkwürdige Dialoge« (Unsichtbar: 2015).

»Notizen vom Nacktbadestrand« und »Der Sackmann« erstmals in Brauseboys: »Das ist kein Berlin-Buch« (Satyr: 2011). »Der Sackmann« zuvor auch teilveröffentlicht als Kolumne im Magazin *Siegessäule.*

»Hund, Wok, Tram« und »The Ton« erstmals teilveröffentlicht als Kolumnen im *Neuen Deutschland.*

»Kniebe« ausschnittweise erstmals als Kolumne im Magazin *Siegessäule.*

»Monolog an einen Alleinstehenden« zuerst in Karsten Strack (Hrsg.): »Schreiben statt Jammern. Die ultimative Liebeskummeranthologie« (Lektora: 2016).

AUDIOLINKS

Unerwartetes Bekenntnis eines langweiligen Mannes
http://satyr-verlag.de/audio/blossmenschen1.mp3

Die Mütter vom Prenzlauer Berg
http://satyr-verlag.de/audio/blossmenschen2.mp3

Sex zu ungewöhnlichen Temperaturen
http://satyr-verlag.de/audio/blossmenschen3.mp3

Morgen kommt das Mülolo
http://satyr-verlag.de/audio/blossmenschen4.mp3

Ich sehe, wie das ist
http://satyr-verlag.de/audio/blossmenschen5.mp3

Bei Ärzten
http://satyr-verlag.de/audio/blossmenschen6.mp3

Kniebe
http://satyr-verlag.de/audio/blossmenschen7.mp3

Monolog an einen Alleinstehenden
http://satyr-verlag.de/audio/blossmenschen8.mp3

Mehr zum Autor und seinen Auftritten:

www.volkersurmann.de
Facebook: »Volker Surmann – Autor«